女生励志书

努 力 把 生 活 过 成 你 想 要 的 样 子

女生励志书

愿每个女孩都被温柔以待

Yuan Meige Nühai Dou Bei Wenrouyidai

杨熹文 等◇著

吉林摄影出版社
·长春·

女生励志书③

图书在版编目（CIP）数据

愿每个女孩都被温柔以待 / 杨熹文等著. -- 长春 : 吉林摄影出版社, 2019.7

（女生励志书）

ISBN 978-7-5498-4107-3

Ⅰ. ①愿… Ⅱ. ①杨… Ⅲ. ①散文集 - 中国 - 当代 Ⅳ. ①I267

中国版本图书馆CIP数据核字(2019)第107373号

愿每个女孩都被温柔以待

YUAN MEIGE NÜHAI DOU BEI WENROUYIDAI

著　　者	杨熹文等	印　　张	8
出 版 人	孙洪军	版　　次	2019年7月第1版
主　　编	杜普洲	印　　次	2019年7月第1次印刷
责任编辑	吴　晶	出　　版	吉林摄影出版社
总 策 划	徐　晶	发　　行	吉林摄影出版社
特约策划	吴珊珊	地　　址	长春市净月高新技术产业开发区 福祉大路龙腾国际大厦A座17楼 邮编：130117
设计总监	资　源		
特约编辑	吴珊珊		
封面设计	资　源	电　　话	总编办：0431-81629821
美术编辑	郭　宁　李雪菲		发行科：0431-81629829
发行总监	王俊杰	网　　址	www.jlsycbs.net
封面摄影	赵先虹	经　　销	全国各地新华书店
开　　本	889mm×1194mm 1/32	印　　刷	天津中印联印务有限公司
字　　数	200千字		
书　　号	ISBN 978-7-5498-4107-3	定　　价	36.00元

CONTENTS

目录

CHAPTER 01 努力变好，是最可爱的虚荣

如果这个世界真的有奇迹，那也是建立在努力的基础上。自由与幸运只会垂青拼命奔跑的你。

CHAPTER 02

你最美的样子，就是坚持做自己

在任何时候，都不要放弃做真实的自己。愿我们都能柔而不娇、坚而不厉，从容淡定地走好人生每一步。

CHAPTER 03

生而平凡，更需要主动成长

生活不会对懈怠的人青睐有加，却肯对认真的人格外眷顾。

CHAPTER 04

梦想，是最美好的信仰

梦想的绝配不是才华，而是持久的奋斗。

CHAPTER 05

每个人都是座孤岛，但你并不孤单

孤独虽然很可怕，但在孤独的时光里总能快速成长。因为一切都得你一人承担。

CHAPTER 01

努力变好，是最可爱的虚荣

如果这个世界真的有奇迹，那也是建立在努力的基础上。自由与幸运只会垂青拼命奔跑的你。

那个心气儿高的女孩，后来怎么样了

文♥黎饭饭

1

我小时候在奶奶家过暑假，邻居家里有个女孩子叫阿兰。

她比我大两岁，又黑又瘦，看上去和农村的其他女孩子没有区别，玩累的时候我们坐在房顶上聊天。

阿兰常常问我："城市里的生活是怎样的？"

我说："楼很高，车很多，晚上灯火辉煌，十分漂亮。"

阿兰问："城里的人都什么样？"

我看了一眼裙子上沾着油垢和泥土的她，说："反正不会把衣服弄得那么脏。"

她脸上闪过一丝尴尬，随即又满脸憧憬地说："我以后也要去那里生活。"

我没把阿兰的话放在心上，开学后顺理成章地离开奶奶家去上学，阿兰则继续留在农村。

听说她真的把自己当成了城里人，不再随家人下地干活，旧衣服也洗得干干净净，没事就伏在桌上看厚厚的书。

提起她时，街坊们总是感叹着："心比天高，命……啧啧。"

在老人们口中，"心气儿高"不是一个好词，它代表着不切实际，代表着"期望越大，失望就越大"。毕竟这世上，多的是想要却得不到的故事。

阿兰中考失利，母亲让她回家种地，她倔强地不肯，闹了一个假期，最后出门打工。我们都以为，她的人生，似乎也就这样了。

2

去年春节回老家时，同村里儿时的玩伴大都有了归宿，有的早早嫁人，有的在县城里打工，有的继承了家中的土地，在这座小村庄里过着一眼望到底的日子。

我虽然上了大学，却仍在迷茫中懵懂度日，还不知道未来何去何从。

阿兰却仿佛变了一个人，衣着整洁，长发及肩，连皮肤都白了不少，与这里的一切有些格格不入。

我惊讶地问她发生了什么，她说，不甘心自己会这么过完一生，于是就在打工之余自学办公软件，从体力工人变成了做表格的文员。后来正好赶上有公司招聘，就来到北京，一面工作一面准备成人高考。

现在她和朋友合租一间房子，还办了张健身卡，每周末去游泳，日子过得既充实又精彩。

“你知道我为什么能走出来吗？”阿兰说。

“为什么？”

“因为从小我就认定，我和他们是不同的，我不要过一眼看到头的人生。”

我看着说出这句话时的阿兰，眼神和小时候一样，有种非比寻常的坚定。

那是被他人诟病的“心气儿”，也是她能冲破原生家庭的屏障，一路走到现在的精神来源。

3

我想我们刚出生时，都是带着一股心气儿的。

想通过努力，获得自己梦寐以求的东西，想一鸣惊人，成为别人眼中羡慕的对象，想事事遂愿，不怕天不怕地只怕自己放弃。然而随着年龄的增长，越来越多的人都降低了对未来的期望，将这份与生俱来的心气儿轻易丢弃。

大学入学时，同班的一个同学说，她高考发挥失常，否则绝对不会来到这所大学。

大一，她的成绩名列前茅，因为长得漂亮又会弹吉他，一时间成为学院里的女神；

大二，她迷上了综艺和游戏，开始很少出现在课堂，期末考试不出意料地挂了两科，吉他也被丢在宿舍墙角；

大三，同学们纷纷忙碌着实习或考研，她却整日在宿舍里看剧玩游戏，我在校园里见到她时，她早已不是当初光芒四射的模样，头发随意地绑在脑后，因为懒得保养，长期熬夜的皮肤显得暗沉无光。

“反正我也考不上了，还不如在毕业之前享受点儿自由。”她说。

可她所谓的自由，不是充实自己或者做有意义的事，而是降低了对人生原有的要求，选择了随波逐流。

我知道，在大学里，和这位同学一样的人不在少数，明明有改变的能力，却放弃了改变的可能，将自己的高傲心气儿收敛起来，安心过波澜不惊的日子。

最可怕的事情不是被生活撞破头，而是弯腰过完了这一生。

4

曾经我们无比认真地思考要上清华还是北大，后来却在一所不知名的大学里混着日子。

曾经我们看着墙上的地图想环游世界，后来却被困在宿舍的方寸之地打着游戏。

曾经我们认定自己会有一份与众不同的人生，后来却甘于得过且过的生活，只是偶尔才想起沉寂多年的梦。

我们安慰甚至麻痹自己，这就是命运。殊不知将这样的命运定格的，正是我们自己。

——“我的条件也就这样了。”

——“有些事我再怎么努力也实现不了。”

——“我不想要更好的了。”

……

所有的降低标准，都是在为自己的碌碌无为寻找借口。嘴上说的“不想要”，心里怕的都是“得不到”。

我们日复一日地长大，胆子却越来越小，从追求100分到只给自己定下60分的目标，然后达到50分便心满意足。

其实，心气儿不是高给别人看，而是高给自己看的。它必须时刻提醒着你，想成为什么样的人，想过什么样的生活，不要满足于安稳却不喜欢的日子，不要让曾经的你看不起现在的自己。

没能考上名校，照样有机会向更高学府发起冲击。

没法环游世界，趁着假期四处走走，总好过躺在床上消磨时光。

没有过上理想中的人生，只要那股心气儿还在，就可以每天离自己的目标近一步，再近一步。

5

我见过自命不凡的女孩子一步步变得甘于平庸，眼神中的光芒逐渐熄灭。

我也见过没能拿到一手好牌的女孩子不肯认输，一次又一次突破自己人生的上限。

并非谁的条件不如谁，关键在于自己的那股心气儿，有没有因生活而改变。

如果你的目标是山川大海，即使没有抵达，路上的风景仍然值得欣赏赞叹。但如果你的目标只是眼前的一草一石，懈怠会拖垮你前行的脚步，使你止步不前。

当你永远骄傲而坚定，朝更高的目标努力时，你想要的人生，也正在从远方慢慢地向你走来。

你那么聪明，别输给了情绪

文♥陶瓷兔子

我从一位女友那儿听到过一个非常惊险的故事。

她带着父母一起出国玩儿，拿出攒了两年的年终奖，订最舒适的酒店，点最有名的菜讨父母开心，可老两口节俭了一辈子，看见她花钱如流水就忍不住心疼，有天晚上在酒店里为了明天坐出租车还是坐公交车去景点起了争执，父母又数落她花钱大手大脚。她委屈又恼火，索性夺门而出，连手机和钱包都没拿，气冲冲地跑了出去，漫无目的地在大街上闲逛。

深秋的夜晚并没有多少行人，而她只顾低头生闷气，一不留神就走到了离酒店有段距离的小路，她走着走着，忽然听到父亲在前面大声喊她，然后朝着她的方向跑过来，她正准备赌气地回句“你来干吗”，还没来得及开口，就看到身后不远处有个黑影正在飞快地跑远。

从距离判断，父亲叫她的时候，那人离她也就只有堪堪三步，她瞬间吓出一身冷汗。

那样悄无声息地接近，是想偷东西吗？

如果他发现她身上既没有钱又没有手机，还是个手无缚鸡之力的女人呢？

如果不是她父亲出声喊她，如果不是父亲远看上去还算人高马大，她又会怎么样呢？

她不敢细想，每每说起都忍不住后怕，聚会的时候反复叮嘱一众小姐妹：“别冲动啊，遇事儿一定要冷静，一定别被情绪冲昏了大脑。”

因为你永远不知道，你情绪的引线，引燃的是怎样一颗炸弹。

之所以想起这件事，是因为前几天跟一个上初三的小姑娘聊天，她说她觉得自己特别失败，成绩课业，同学关系，家庭生活，样样都处理不好。

她并不是那种天赋异禀的学霸，成绩始终尴尬地保持在中游，恨不得把每一秒劈开两半用来学习，课间班里同学的打闹说笑都被她当作是打扰，发了好几回火，甚至还哭了两次。

这吵闹对于她来讲是打扰，对于另一些人却是解压的方式，刚开始见她发火他们还体谅地噤声，但次数多了便也见怪不怪，她在前面抹眼泪，他们照样在后面说笑，还不时说一两句风凉话：有的人这么用功，成绩也没见有多好。

她又气又愧，天天带着一腔邪火回家，在父母面前挑肥拣瘦，一会儿嫌妈妈炒的菜太咸，一会儿嫌爸爸剁馅儿的声音太响，把父母的忍耐也逼到了极限，停留在家庭上方多日的“积雨云”，终于攒成了一次大吵。

我只听着她讲都觉得牙疼，课业压力毁掉人际关系，人际关系的恶化又带来更多的内耗，就像《组织中的情绪》里说，除了体力劳动和脑力劳动之外，情绪劳动同样艰辛，它消耗你的精力，让你无法尽情投入到工作和生活中，它让你不断在自我苛责和自我怀疑中越陷越深，毁掉你的健康，毁掉你的斗志，好像一个巨大的黑色旋涡，将深陷其中的那个人一点点吞噬。

“我很糟糕吧？”她问我。

“有时候真想从天台跳下去算了，一了百了。”

我知道那并不只是一句赌气的话，焦虑、自责、恐惧与绝望共同织就一张蛛网，而她像是网中被密密缠住的猎物，挣扎得越厉害就捆绑得越紧，紧到透不过气的时候，难免就生出一了百了的念头。

但是，破局的路也并不是只有一条，人总习惯了向外寻找出路，却往往忽略了打开大门的钥匙藏在自己身上。

你在害怕吗？怕自己考不上理想的学校，怕自己几年的努力都被辜负，怕无法面对父母，也怕无法跟自己要好的朋友去同一所学校……

你有没有好好说出过自己的怕？你的愤怒从来不是强势的命令，你的抱怨也不是自以为是的指责，所有的色厉内荏都是说不出口的求助：看到我，看到我的怕。

但你知道吗？你可以不必绕这样大的一个弯。

把“你们能不能安静一点儿”换成“看到你们这么轻松，我真的羡慕死了，能告诉我你们是怎么做的吗？”

把“你们烦死了”改成“我很担心考不好的话，今后都没机会跟你们一起玩了”。

这并不仅仅是话术上的投机取巧，更重要的是，在你改变表达方式的过程中，你就已经不知不觉先管理好了自己的情绪。

不能自行消化的焦虑，对未来的恐慌和假装成愤怒的无助，然后你会知道，只有你能为它们负责。

你得强迫自己冷静下来，你得学会坦诚地表达感受。

别任由这些负面情绪引发你心里的雪崩，就是最聪明的自我保护。

我很喜欢的一部电影，名叫《肖申克的救赎》。

银行家安迪被指控杀害妻子，被判处无期徒刑，其他犯人看到安迪白白净净弱不禁风的样子都心生轻视，甚至设下赌局，赌他会在变态的监狱生活中第一个崩溃。

但安迪让那些准备看他出丑的人失望了，他在监狱中如常吃饭、睡觉、散步，甚至连自己喜欢的阅读和音乐都没有放弃，面对狱友的欺凌羞辱，他既没有抱怨，也没有屈服。被不怀好意的典狱长利用，他也顺水推舟，一边虚与委蛇，一边为自己谋划退路。

安迪唯一一次失控，是在亲眼看到典狱长射杀了能证明他清白的犯人，只为了将自己留在狱中继续帮他避税的时候，但万幸的是，他并没让情绪的雪崩持续太久，他很快调整好自己的状态，在绝境中小心翼翼地保护着自己，用了整整二十年的忍耐和筹谋，换来了自由和新生。

正如豆瓣上一句高赞的短评：每个人都是自己的上帝，如果你自己都放弃了自己，还有谁会来救你?

而我每次看到安迪爬出那条肮脏的下水道，伸开双臂接受大雨冲刷的时候，都忍不住庆幸。

在肖申克监狱里，因为情绪崩溃而自毁的人太多太多了。

还好他不是其中一个。

他是个将情绪管理做到极致的人，不为恐惧所扰，不为愤怒所困，小心翼翼护着心底的那点微光，因而也最大限度地保护了自己。

这才是最聪明的处世方式。

别把自己的一生，都输给了情绪。

大部分人的苦恼，都能用自律解决

文♥杨熹文

二十岁出头时我有过一段相当不自律的生活，自以为那是青春该有的旋律：

逃掉大部分专业课，睡到外面阳光灿烂；午餐是可乐加一桶泡面，晚餐是豪华版麻辣烫；被窝成为我认知世界的领地，我抱起电脑看三个小时的肥皂剧，再刷着QQ（即时通讯软件）偷菜种田，我一定要熬到电脑上各色头像大面积地暗下去，才会闭上眼睛，不甘心地睡去。

我不知道这种生活会毁掉一个人。

直到体重从九十五斤飙至一百三十斤，直到成绩从九十分沦为七十几分，直到男朋友为了更好的姑娘离我而去，直到我站在人才市场的中心送不出去手中这份平淡无奇的简历……仅仅是我生命中的四年，非自律的生活，竟然让我变得如此不堪一击。

“我恨你。”

那是我在最美好的年纪，唯一想对自己说的话。

这是与之相隔近十年的2018年初春，我从墨尔本飞向悉尼，从墨尔本州立图书馆书店买来的一本女性成长书籍摊在膝前，那上面说，“你是你个人习惯的结果”。我望向窗外云层下的城市，多么像六年前我飞向新西兰重生的场景，恍惚中，有种回到过去的错觉。

六年前我提着空荡荡的行囊一个人到新西兰闯荡，手中的打工度假签证给了我一年改变自己的时限。我和男友分手，告别国内稳定的工作，对爸妈的经济支援说了“不”，就是这样一个踏出舒适圈的机会，让我在走出机场的时候也为自己设定了未来：我要活下去，还要活得很好。

实现任何目标都需要计划和行动。对一个年轻又有些志气的女性来说，运气是她最不能奢望的东西，一颗清醒的大脑才是她最为昂贵的财产。那一年，二十三岁的我，在经历四年非自律的生活之后，对自己的一切都极度失望，我憎恨自己的胖、丑、缺乏见识，在身体里一股重生的力量将要迸发出来。

为实现这次重生，我把人生分为四个象限：体重、金钱、学业以及写作。我写出一个详细的计划，详细到每周要打50个小时工，要攒下300纽币，要运动5个小时，要减下1公斤，要读2本书，要写出一篇文章……

行动力才是一个人的力量，而自律是改变自我最好的媒介。

人之所以痛苦，是因为被过去的自己甩在身后；人之所以焦虑，是因为被同龄人甩在身后。

M.斯科特·派克在《少有人走的路》中写过一句话，“自律是解决人生问题最主要的工具，也是消除人生痛苦最重要的方法”。

改变自我的路上，我对此深信不疑。“重生清单”上，一项项去实现，才感觉到自律的艰难。放弃很容易，一天就够了；坚持很难，每一天都要继续。但从这艰难之中，我体会到许久未有的发自内心的快乐——这是突破自我的快乐，比睡懒觉、吃垃圾食品的快乐要持久许多。

一个人是他全部生活习惯的结果，那几年我不断修正自己的非自律习惯，拿严歌苓的“为了让自己喜欢自己，就必须每天做两件使自己更好的事”励志。我对自己的要求近乎苛刻：早晨6点去跑步，白天用来打工读书，晚上读书写作，珍惜每一个小时带给我的成就。我为时间算了一笔精细的账，屏蔽掉无聊的肥皂剧和没意义的社交，每天写下一张待办清单，再心怀期待地一项项划掉。自律让我看到一个不断变好的自己，一个人也许无法赢在起跑线上，但只要她知道每一天的珍贵，就可以不断超越过去的自我。

磕磕绊绊一路走来，比起8年前 个又胖又丑又缺失技能的我，现在的自己好似成为一个逆袭的实例。从肤浅的层面上讲，我瘦下30斤，有了自己的事业，买了房子和车子，完成了儿时“去超市不用看价钱”的梦想，可是更深层的，我觉得有一些东西被深深改变了，一种“我应该变得更好”的心态，无时无刻不在提醒我，要让当下每一秒有意义。

有人说，一身细胞全部换掉历时七年，我们每七年就是另外一个人。而我觉得一个人若决心改变，五年时间足以获得重生，一年用来改变形象，两年用来创立事业，两年用来巩固习惯。现代人普遍患有焦虑症，却忽略了自律这项工具，大多数人的问题，无论是胖、穷、无一技之长……其实都可以用自律去解决。

从事写作已经有三年多，家是我的事业主场，很多人羡慕自由职业者能够自己安排工作时间，其实大多数自由职业者都有变胖变懒止步不前的苦恼。我到现在还在坚持以自律为生活准则，每天早上6点起床，写一份“今日待办清单”，8点即开始写作，下午去游泳馆游上1500米，晚上留给书籍和电影，而这六年我养成的重要自律习惯——吃饭六分饱，每日健身，今日事今日毕，每月储蓄收入的50%——这样的一天天叠加在一起，每年年底我都会得到一个不错的成绩：出版一本书，公众号日更，财务稳定，身体素质越来越好。人走在充实自我的路上，就不会变得焦虑。自律带给我的重生体验，正如康德所说，自律的人生才自由。

我有很多同龄的女性朋友，在面对30岁时普遍焦虑不安，我们承担着变胖变老的风险，还要保证持续进步才能不被社会淘汰。但其实看看不同人的生活方式，就可以推断出，自律是一个人面对时间最有力的武器。有些女性朋友生活混乱，得过且过，一年过得如同一天，而有些人珍惜时间，注重效率，为每一天赋予一定的意义。五年十年的青春过去，正是印证了那句话，你怎样过一天，就怎样过一年。

有人问我，高度自律的生活会不会太辛苦？

我点点头：“没有什么事比跟意志力做斗争更辛苦的了。”

但我再也不要回到那样轻松的过去了。

别让不自控，毁了你一生

文♥猫　格

1. 自由是检验自控的杀猪刀

有一本著名的书叫《自控力》，长期霸占各大畅销书单前列，我曾经买过一本，回家一看，嗬，这么厚啊，然后就没有然后了。

但后来我发现，自控这件事情，真的值得写一本这么厚的书。如果我能早一点儿明白这个道理，潜心把这本书读完，可能现如今的很多困境便不存在了。

不管是不是复旦校友，“自由而无用”的校训都打动了不少年轻人，我曾经是这句话忠实的拥趸者。自由有点儿舶来的味道，不管谁来judge（评价）我的生活方式，我都会义正词严地反驳——“我想要自由自在的生活，请你不要来干涉我”。

之所以他们要跑来对我管东管西，倒也不是因为别的，主要是我毕业之后一直都过得挺不像样的。大概因为摆脱了学校课程时间表的束缚，也不再有各种花式deadline（期限）紧跟身后，在找工作期间，我每天日上三竿起床，傍晚开始刷剧狂欢，每天有效时间不超过三个小时。毕业三个月，简历只投出去几份，但体重却增加了十斤，我自觉快活，时间久了，竟然有些沉溺于此，更加欣赏复旦式的哲学——自由，代表着无拘无束；无用，又象征着对社会捆绑的无声反抗，太酷了。

于是我就这么一路自由而无用地错过了秋季校园招聘，偏偏此届校招又被称为史上最残酷，毕业生最多，岗位空缺最少，到最后两手一摊，竟要面对没有一家我心仪的公司向我抛出橄榄枝的尴尬境地。

这时候，消息传来，同期毕业的一位同学，居然斩获了耶鲁大学的offer（录取通知），成功走上一条学霸的深造路。我心虚，因为在学校的时候，这位同学并不是最出色的，唯一能让人印象深刻的优点就是，无论寒冬酷暑，也不管有没有考试，都万年如一日地每天学习两小时。这两小时，他有时候会背单词，所以早早考出了高分托福成绩；有时候会学编程，学数学，看论文……这也成为之后和耶鲁的面试官侃侃而谈的资本。难道就靠着每天两小时的学习，他居然申请到了耶鲁？这让我目瞪口呆，不敢相信。

后来有个相熟的朋友说起来，说到该同学毕业之后就在学校旁边租了一个一居室，每天朝九晚五按照在学校时的时间表生活。我不敢相信这需要多大的努力来和人基因里的懒惰天性及外界诱惑做对抗。只记得，毕业后一个月，同学们不是吃散伙饭，就是在结伴毕业旅行，别说每天坚持学习，恐怕大部分人都是一个月难见人影。

走出校园半年，我才突然意识到，自控是自由的前提，自由又是检验自控的杀猪刀。在校园里，固定的社会时钟，对身边的每一个人都会是一种束缚，捆绑着你起码要八九不离十地把事情做完，而一个人面对真正的自由的时候，是不是还能有一个强大的内驱去抵抗各种诱惑，恐怕就全要靠一股内在的自控力。

有人说，毕业后三年是一个人人生最大的转折点，因为所有的缺点都会在自由的表象下暴露。而我想，大约最容易被暴露的，就是自控力太差。

一个能够自控的人，往往一路顺遂地披荆斩棘，而没有办法自控的人，只能看着生活一点点颓下去，变得越来越糟糕。

2. 让梦想成为你的内驱

心理学有种说法，内驱力远大于外界驱动。一个人被deadline逼着完成一份工作，结果肯定要远低于自发自愿去完成那份工作。不少成功人士都有强大的内在驱动力，换句话说，就是他们心中可能时刻都有种神秘的感觉，推动着他们向前不断地冲，以至于他们在无人之处亦能奋发。

而我等普通人士，大部分时候难以感知那种神秘的感觉，多数是外面有人推一把就向前一步，没人推一把就瘫着，内在驱动接近于零，于是无人约束时，自控力也跟着偷懒。

最重要的还是要找到自己心里的那个内驱。

我曾经在短短时间内瘦了二十斤，减肥方法不健康，完全不值得效仿。但是这段记忆留给我最大的震撼是，原来我这样一个好逸恶劳的人，也能找到一种动力坚持每天精打细算地控制卡路里并坚持有氧运动一小时。

有人说，每天叫你起床的，不是闹钟，而是梦想。我觉得，梦想就是这样一种内在驱动，能把你在清晨从床上捞起来，也能让你在诱惑面前坚定地摇头。它是一种愿景，是一个你最想要到达的地方。可能是瘦掉十几斤变成了小仙女之后的样子，也可能是在你努力学习，历经艰辛，走在你最心仪的那所学校的草坪上读书的景象，甚至可以具象到一个岗位，一个银行卡上的数字。是这些你真正想要的东西，才能推动你，拒绝诱惑，拒绝懒惰，不停地自我约束，自发地向前冲。

因为梦想，自我约束不再是需要观众的表演，而是一种来自内心的渴望，这种渴望让你心甘情愿地舍弃暂时的快乐，去追求更值得的东西。这种渴望，大概就是自控的最大动因。

3. 一次只做一件事

人类在与天性对抗的时候，需要太多的意志力。与坏习惯的对抗要时刻提防着坏习惯卷土重来，想要减肥十有八九会贪吃，想努力学习又情不自禁地注意力涣散……因为这样，如果一个人想要一天改掉所有坏习惯，一蹴而就地从一个不自控的人变成一个生活习惯良好、日常作息绝佳的典范，几乎是不可能的任务。

所以很多成功案例会给出建议，一次只做一件事情。不管这件事是约束自己，和一个坏习惯说再见，还是培养一个好的习惯。总之，自控便是和天性做对抗，你要拿出百分之百的决心、十之八九的意志力与其决战，方可一击必胜。

很多人下定决心改变之后，都是从最小的事情开始约束自己。比如早睡早起，最开始你可能会心下鄙夷，早睡早起难道不是很容易吗？可是生物钟混乱已久，导致睡不着、起不来的窘境，强迫自己按时起床，简直太痛苦了。但是日久天长，形成习惯，倒也不需要太多的意志力去维持这个习惯，反而到了一定的时间，生物钟也会喊你起床。于是继续进一步改之，比如早起之后可以晨跑、锻炼，慢慢地，又形成了一个新的好习惯。

若是要一蹴而就，第一天就定下一个早上五点起床晨跑五公里的目标，怕是第二天就浑身瘫软四肢无力地作罢了。所以，一次只做一件事，一次只改变自己一点点，把自控的力量慢慢渗透进生活的每一个细节，相信细水长流，必定会有一片绿洲。

1.01的365次方是38，而0.99的365次方却只剩0.02。日久天长之下，每天付出多一点儿，一定会累积成鸿沟一般的差距。人大多数的时间，不是活在他人的目光下的，与自己相处的时刻，只有自我控制，多一分努力，少一分诱惑，未来才是一片坦途。

别让不自控，毁了你一生。

生活不是“你开心就好”

文♥江江江

1

青葱岁月里，我们有很多的肆意妄为。年少轻狂，总觉得身上带着些潇洒的我行我素比严于律己要来得帅气。

可现实终归是现实。

当年，要好的发小中考发挥失常，失去了上普通高中的机会，最后无奈进了一所职业高中。发小父亲的意思是：没念书的天赋，只能花点儿小钱，让她在这里待几年，一成年，就直接打工赚钱去吧。

谁都没想到，在职高的那三年，成了发小涅槃的三年。

在那所学校管束没那么严苛，在学生们有些放浪形骸的环境里，脚踏实地地读书却成了另类。

一群不谙世事的女孩，觉得学业没那么重要，她们课上偷偷涂着指甲油，在课下眉飞色舞地夸赞着自己的偶像明星。

作业有没有写完没那么重要，考试分数对她们来说也有些无足轻重。

唯独发小，每天定着闹钟6:00准时起床，背单词，做数学题。少许的零花钱都用在了买学习资料上，她知道自己底子差，所以才要更自律、更努力地去赶上那些“人外人”。

同学笑她，没必要装模作样，发小笑着回答，她要把这副“假模样”装成常态。

后来，烫发涂指甲的那些小女孩没能再有念书的机会，走进社会，被风雨磨蚀。而三年如一日绷紧神经学习的发小却考上了一所不错的大学，继续深造。

你大概能想象出来，再过几年，她们的变化会令人唏嘘，也令人警惕。

你要知道，你可以选择平庸，但是不可以选择自我放弃。你做得到饿了就吃饭，困了就睡觉，希望你也能做到，落后了就自我约束起来，用力往前跑。

你要相信，自律和优秀永远是正比例关系。

2

你想要一直优秀，就得一直自律。自律成为你的常态，优秀就会成为你的标签。

记得刚上大学那会儿，因为彻底摆脱了家长和老师的约束，我们宿舍四个人，放任自流。

选修课偶尔去，遇到刮风下雨不去，专业课也因为早上贪睡，经常迟到。大家都抱着侥幸心理，期末等着老师划重点，考试60分飘过就高呼万岁。

哪知道，八门考试课，四个人三三两两地挂了科。系里通报批评，并且电话通知家长。

那是第一次，有一种自尊心被人踩踏的感觉。而将自尊心狠心扔下地的人，不是别人，正是自己。

“挂科事件”后，我们四人的自尊心受到了极大的打击。已经到了最坏的境地，成功来得就容易一点儿了。

于是我们制定了一份细致的寝室公约。

有约束了，才会有所进步。

我们不再熬夜刷剧，不再沉迷在游戏的即时快感里。每天早起去泡图书馆，一起做课题、写报告，上课学习，偶尔休息。

终于改掉了懒散成性、间接性踌躇满志的坏毛病，换成了一路意气风发、披荆斩棘向前的勇者模样。

后来我们包揽了班级的前四名，我也连续三年拿到国家励志奖学金。寝室几个人从“挂科王”的外号变成了“励志姐”。

有人问，为什么不喘口气，要这么一路逼自己？

因为触过底，尝过“后进生”的苦不堪言，所以更加渴望优秀；后来害怕再触底，害怕失去优秀，所以一直自律前进。

把“自律”过成了持续性动作，人才不会自甘堕落。

3

flag（目标）谁都会立，但不是谁的都会屹立不倒。

邻居家姐姐就是一个典型的反面教材。

邻居姐姐大我三岁，曾经是妈妈口中“别人家的小孩”。过去的她的确很优秀，班级学习标兵，为了高考，最后一个寒假足不出户，窝在自己的房间里疯狂刷题。小区一直流传着吃年夜饭的她还在演算函数题的样子。

后来，姐姐的确进入了一所不错的大学。我眼巴巴地望着她拿着理想大学的录取通知书，一脸骄傲的样子，让人崇拜。

只是，她令人艳羡的骄傲样子并没有持续下去。

大三的时候，因为挂科太多，学分不够，邻居姐姐被劝退。我看着她灰头土脸地躺在床上，双目无神。

邻居叔叔阿姨更是一脸愁眉不展的样子。叔叔在客厅叱斥她的堕落与懒散，姐姐却不为所动。

我不知道是什么让曾经那么积极向上的她成了如今的颓败模样。只是听大人们教育着自己家小孩：不要学某某某沉迷游戏、聚会，不一直往前跑，再有资质的好苗子也会蔫掉。不要不知天高地厚，以为自己多优秀。

你知道的，“自律”从来都是持续性动作，习惯成自然。好习惯如此，坏习惯也不例外。

丝毫没有危机意识，就会停下来，然后被淘汰。

《阿飞正传》里有一段话：这世上有一种鸟，它生来就没有脚，一生都只能在天上飞，它累了，就睡在风中，这种鸟一辈子就只能落地一次，那就是它死的时候。

你向往成功，就要学会约束自己，保持危机感，这是将自律坚持下去的最好方式。

4

总是有人杞人忧天：我已经懒散成性，现在再要求自己已经晚了……

你要知道：种一棵树最好的时间是十年前，其次是现在。你要有奔头、有追求、有压力，你自然而然就会变得自律。

坏习惯是借口，没有时间、精力也是借口。

给自己罗列一个to do list（待办事项）清单，推去那些嘈杂的聚会邀请，少刷微博少刷抖音，把时间真真正正地留给自己，去做该做的事，而不是想做的事。

生活从来就不是你开心就好，有些事是你不想做却又不得不做的。对自己有些要求，生活才会奔向另外一个高度。那些需要你现在抑制自己“惰性”去做的事情，总有一天会自然而然成为你生活的一部分。

慢慢约束自己，成为常态后就不是约束，而是理所应当的习惯。它会潜移默化地为你铺一条崭新的大道。

就像你当初为偶像高呼：一起走花路吧。总有一天，你也有属于自己的花路。

如果你不再甘于浑浑噩噩，就请你抛去三分钟热度，从现在开始改变自己。

你的人生是你自己的，不要把它过得垂头丧气。

终有一天，你会明白善良的意义

文♥闫晓雨

《阿甘正传》里有句话我特别喜欢，“我知道我不够聪明，但是我知道爱在什么地方”。

1

你信命吗？我信。

但我相信的命运不是怪力乱神，也不是冥冥之中自有安排，而是一种基于正念和善意的综合力。你做过的所有选择，加起来就是命运。

我认识的W小姐，年纪轻轻，就有了一家属于自己的公司。

在这几年创业公司如履薄冰的大环境里，她的公司，倒是毫无波澜继续如日中天地发展。也是很奇怪，公司里招的大多都是90后，三年之内，同行业的年轻人不知道来回跳槽了多少次，偏偏只有W的团队稳若泰山，从管理层到执行层，几乎没有人主动离职。

我们几个好朋友聚在一起的时候，偶尔玩笑说，莫不是这家公司有什么不为人知的“秘密”，以此来吸引员工。

可是客观来看，公司的环境虽处CBD（中央商务区），但并算不得宽敞，屋内的设计摆置很贴心，每隔几个格子间就会放一台空气净化器；公司业务发展得虽然不错，但也并非行业翘楚，每个人来到这里能体会到更多的不是打鸡血式努力，而是按照自己的节奏来工作，效率比速度更重要；创业公司上升空间虽然大，但是做的事情也比较杂，耐人寻味的是，W的员工无人抱怨，还主动抢活儿干。

“是不是你给他们开的工资非常高？”有人奇怪道。

W摇摇头说：“不是，只是行业的正常水平，也会按照每个人的工作成果进行相应鼓励。”这下大家更奇怪了，忍不住和W取经。

W没有直说，只是邀请几个好朋友抽某个工作日的下午，去她的公司小坐，顺便一起听他们内部员工的“技能开放式”分享会。当天下午，我们吃过午饭便去了她的公司，进去之后，就感受到一股与众不同的工作氛围，是温和的，互相谦让的，我们几个相视一笑，决定去采访几个有空的员工。

“我来公司的第一年，笨手笨脚的，总做错事。有次躲到走廊里哭，是W递给我纸巾，并给我耐心讲解工作方法的。”

“这家公司不大，但是团队协作很好，谈客户的时候我们永远步调一致。哪怕有分歧，W也鼓励我们内部解决，对外的口径不容出入。”

“我换过三份工作，只有这里记住了我的生日。阴历哦。”

……

原来，大家留在这里最大的原因，竟都源于W的人格魅力和管理方式。她不是一个全能型领导，但知人善用；她不是最有资本的老板，却是最懂员工的老板。最重要的是她善良，她没有把员工当成下属或者机械的执行者，而是把大家当作亲人，同荣辱，共进退。

因为有这样的老板，所以才会有这样的员工。

此刻，W及她的公司为何口碑那么好，就一点儿都不奇怪了。

我常常会觉得，一本书、一个产品、一家公司的成败本质，都是在其背后所蕴藏的价值观，凡是为人所称赞的，必定有迹可循。

2

有一阵网络上特别流行说“与你无关”，或者说，“who cares（谁在乎）”。

我不太喜欢这样的冰冷表述。

很多年前我听到一则难忘的故事。一位富家小姐在车里吃香蕉，发现香蕉因天气炎热而腐烂不能吃，便随手扔到了车窗外面。一个贫穷人家的孩子刚好路过，见到地上的香蕉，觉得十分可惜，便捡起来吃了。结果，当晚这个孩子因为食用坏掉的食物而拉肚子，整个人痛得死去活来。

与此同时，那天晚上，富家小姐父亲的工厂突发火灾，所有物资一夜之间被焚毁。原因是当夜值班的保安临时离开。

而那位保安离开的原因，则是因为他孩子生病。

是的，保安的孩子就是那位误食了腐坏香蕉的孩子。这个故事的真假先不去辨别，但其揭示的因果关系却实实在在触动了我，当我们每天在做各种决定的时候，又岂能知道，那些看似毫无关联的事情是否和自己有着什么利害关系。

奥古斯丁说，上天赐予我们恩典，并不是因为我们做过善事，而是为了激励我们去做善事。

每当我听到有年轻气盛的少年断言自己 “我绝不会麻烦别人”“我不需要任何人的帮忙”时，都有一种温柔的惆怅。生而为人，处在斑驳复杂的社会关系中，如何能抽离自己的人生说和任何人都没关系呢？

在我年纪更小、更偏执的青春期里，也曾觉得自己的生命应脱离任何桎梏。但无论如何，保持对外界谦和与诚恳的态度，才是持久获得幸福感的基础。

善良是一种态度，要有立场，有风骨。

它并不是一种装饰，而是我们对生活细节的思量，并且综合了价值观、人品和才华的多种力量。

善良有100种方式，不是非要扶老奶奶过马路那种教科书指南才叫选择。

当我们不站在道德的制高点去肆意指责、批判，是善良。

当我们学会不盲目追热点，而是独立思考问题的背后，是善良。

当我们在日常生活中，不常常站在欲望的阴暗面去窥探别人的世界，是善良。

终有一天，你会明白善良的意义。不是现实的必需，但是活着的前提。当我们对父母孝顺一点儿、对爱人关心一点儿、对陌生人善意一点儿，点点滴滴，汇聚出的力量足以改变我们的一生。

3

善良贵在不自知。

我们没有必要把善良这件事捧得至高无上，本质上，善良就是一种本能，像喝水、吃饭、走路那样简单而自然。

诚品书店的创始人吴清友先生，生前在香港书展上的演讲，讲述了关于善良的看法："人的心是最重要的根本，心念的正面，往往会带给我们很多意料不到的正面回应。"

有一次，吴清友先生去参加一个会议。

结束后他坐计程车去吃饭，看着窗外形形色色的路人时，他的内心忽然闪过一个念头，这个世界上没有一个人有权利说病痛不该归我、贫穷不该归我、苦难不该归我。

不该归你，该归谁？

从那天起，吴清友先生开始对生命中遇到的每一位残障朋友，都肃然起敬，在他内心深处，这些人都是人间最值得钦佩的对象。没有人说苦难不该属于自己，某种程度上，如果这个世界的悲欢喜乐都是等量的，有人分走了你的那份痛楚，你才能拥有现下的美好与安妥。

在如今的社会里，"同理心"是难得的存在。

吴清友先生有次过马路时，看到一位残障同胞趴在人行道上，旁边摆了一个碗，他便上前放了五百元于碗中。往前走了几步后，又回头，把刚刚买给太太的两枝莲花也放在残障同胞的旁边。

“我年纪还轻，阅历不深的时候，我父亲教导过我一句话，我至今还念念不忘。‘每逢你想要批评任何人的时候，’他对我说，‘你就记住，这个世界上所有的人，并不是个个都有过你拥有的那些优越条件。’”《了不起的盖茨比》中的这段话，总是时不时出现在我的脑海里。

如果说一个人的聪明才智，是钱包。

那么一个人的真诚善良，就是护身符。

在这个飞速前进的年代里，还能腾出一部分时间用作努力理解“别人的生活”的人，实在太少了。但我希望我们都不要被扑面而来的洪流湮没，保持内心那一点点的谦卑和善良，来日总会收获更多福报。

这才是一个女人高级的生活方式

文♥疯兔先生

1. 自信的女人最美

索菲亚·罗兰说："一个缺乏自信心的女人，永远不会有吸引人的美，没有一种力量能比自信更能使女人美丽。"

不是人人都可以天生丽质，但自信是可以后天养成的美丽。

加拿大超模温妮·哈洛从小患有家族性遗传白癜风，从小被人叫作"奶牛"。

那时的她沮丧、难过，处处不自信，生活上自然过得极其不如意。

后来，在妈妈的坚持鼓励与支持下，她变得自信起来，她知道自己不是"丑"，只是注定与众不同罢了。

在第71届戛纳电影节上，温妮·哈洛一身绿色长裙现身。妩媚的身姿、精致的五官，高开衩长裙露出美腿。

她一出场就惊艳了在场的所有人。

就连那时遭人戏谑的“奶牛”称号也成了超模温妮·哈洛最著名的标签之一。

自信的女人不畏惧嘲笑，敢于直视自己的短处，她们优雅，脱俗，有气质，那正是在向世人诠释什么才是女人真正的“美”。

2. 自信的女人是潜力股

说到潜力股的女人，大家首先会想到谁？

我首先想到的便是《快乐大本营》里的吴昕。

有人曾吐槽吴昕：一期节目录完甚至不知道有这么个人。

可是就是这样一个在快乐家族里最默默无闻的她，如今进军时尚界，变得自信，超级自信，甚至让人不敢相信这曾是那个我们熟悉的“小粗腿”。

曾有一档时尚节目突袭吴昕的闺房，谁知吴昕不仅睡到下午两点才起床，而且素面朝天地坐在床上吃起了薯片。

节目组无奈询问：“你有准备吗？”

吴昕坦然：“有，我还打算做仰卧起坐哪。”说完，在床上随便扑腾两下就算做完了。

看着吴昕头发凌乱、素面朝天的模样，节目组不免怀疑，面对一档时尚节目，吴昕是否能够变身“女神”惊艳全场。

面对质疑，吴昕非但不尿，反而自信放话：“我这个人可塑性非常强，打扮起来一定会吓所有人一跳的，自己都害怕。”

等到节目组看到摄影师为吴昕拍摄的时尚大片时，全场都信服了。

千万不要小瞧任何一个女人。

自信的女人善于打扮自己，为自己加分，是生活里隐藏的潜力股。

3. 自信的女人运气不会差

有个故事，一个小女孩，从小没了父亲，与母亲相依为命。

女孩没有穿过漂亮衣服，更没戴过饰品。

她很自卑，总觉得别人看不起她，走路时总是不自信地低着头。

她一直暗恋一个邻居家的男孩，却没有自信表达出爱意。

可就在她十六岁生日那天，妈妈破天荒地给了她二十块钱，让她去买点儿喜欢的东西。

她很兴奋，来到一家有名的商店，买下了那朵她渴望已久的漂亮头花。

售货员对她说，“瞧啊，你戴上这花多漂亮”。她望着镜子里戴着头花的自己，顿时有了自信。

她开心极了，兴冲冲地往外跑，在商店门口，她撞了一位老奶奶，可是她顾不上这些了。

她感到街上所有人都在看她，好像都在议论：“瞧，那个女孩真是太美了。”

这时她碰到暗恋已久的邻居家的男孩，没想到那个男孩竟然约她去参加舞会。

女孩幸福极了，于是又飞快地往商店跑，打算把剩下的钱也买些东西庆祝。

快到商店时，被她撞到的老奶奶拦住了她，说道："姑娘，你刚刚撞掉了头上的花，我一直等着你来取。"

原来，女孩并不是因为戴上了头花才漂亮，让女孩漂亮并带来好运气的是自信。

就在前不久，和一位认识多年的女性朋友吃饭。

在饭桌上，她高兴地告诉我，自己成了某某杂志的签约平面模特。

我仔细打量了她一番，除了胖……呃……

她嘟了嘟嘴，知道我不会相信，拿出手机里的"证据"给我看，我才停止了对她的"嘲讽"。

这位朋友除了胖，还特别热爱生活，而且超级有自信，在我的印象里，她总是笑意盈盈，而且敢于尝试比她身材好上几倍的人都不敢试穿的新款式。

我想起她经常发在朋友圈和APP（手机软件）上的自拍，虽然不及时尚模特美，但那微笑自信的气场并不输任何人。

正是她对生活虔诚的热爱加上这份"谜"之自信让她的生活充满这样的好运气。

4. 从里到外做个自信的女人

如何做一个自信的女人，做自己的女王，我想以下三位知名女性的话值得我们借鉴思考。

董卿曾在《朗读者》里说：“人生不可测，在任何时候都要抱有一份希望。”

要相信人生里的美好善意，更要自信地蜕变自己来期待那份希望，遇事不抱怨，微笑生活。

奥黛丽·赫本说：“要有自信的态度，请学习你不曾学习的知识。”

人生是个不断进步的过程，内心充实丰盛才是女人自信的来源。

而学习新事物恰恰是让内心丰盛的最重要的一种方式。

作家苏岑说：“做自己命运的女王，情场不输人，职场不输阵，爱上自己，对自己足够好，才能够一直优雅到老。”

愿你做个自信而优雅的女子，在这纷繁的世上从容而行。

为什么那些默默努力的人“最可怕”

文 ♥ Cheney

1

今早刷微博，看到一条消息——男生兼职送外卖，照样考研成功。

好奇心爆棚点开一看，黑龙江小伙吴清是一名音乐系大四学生，为了减轻家里负担兼职送外卖，每个月可以赚1400元钱。

虽然兼职很辛苦，但是他依旧没有放松学业，已经考上了研究生，毕业后很想做音乐老师。

最近的“外卖小哥”真的超级励志，前有《中国诗词大会》第三季冠军雷海为，后有自己赚生活费、努力考研的90后吴清。

可见，努力的人生，从不设限。

我曾经参加过一个打卡小组，里面有学生也有上班族，大家参加的原因都是希望自己能够成为更努力、更自律的人，于是给自己设置了一些计划和目标，然后每天在小组里打卡，互相监督，互相鼓励。

刚开始的几天，大家都劲头十足，按时完成自己的计划。可是，过了一段时间，有人销声匿迹，也有人还在坚持。

那些坚持的人有的过了英语六级，有的考取了从业资格证，有的考上了研究生，有的坚持跑步减下十斤体重，还有的坚持写作已经小有名气……

一分耕耘，一分收获，这句话是很有道理的。所有努力的坚持，终会换来想要的结果。

2

从小我就很羡慕表姐，因为她就是家长口中“别人家的孩子”。

每次去姑姑家玩，无论是多么重要的日子，来多少客人，表姐都只是简单拜会一下亲戚，然后回到房间继续学习，丝毫不受我们的影响。

后来表姐考上一所985大学，就在大家以为她总算可以放松了的时候，没想到努力的表姐每学期都能拿到奖学金。整个大学期间担任学生会副主席，她从不放弃任何一个实习的机会，大学四年依旧品学兼优。

表姐学的是金融，本想着一毕业以自己的成绩肯定能找到一份好工作，但是前几年金融行业不景气，让表姐屡屡碰壁。

虽然表姐一度消沉，但是她很快调整自己的方向，边工作边考研究生。

第一年，表姐失败了，家里很多人劝她，女孩子有份差不多的工作，赶紧嫁人得了。

但是她依然咬牙坚持，第二年终于考上了。研究生毕业后的表姐又以优异的成绩考上了当地的税务局公务员。

前不久，表姐给我打电话表示要来北京几天，参加一个考试。我听完惊呆了，因为此时表姐已经怀孕了，她还在坚持参加各种考试，不断刷新自己的目标。

我一直觉得，像表姐这样的人，真的很"可怕"，因为他们不但有野心，而且肯努力。

漫画家蔡志忠曾说过一句话："真正登上珠穆朗玛峰的那个人，一定不是体力最好的，而是那个哪怕死也要登上去的人。"

我们身边那些默默努力的人，他们可能现在看起来很平凡，也会遇到挫折，但是他们一旦强大起来，绝对会令你叹为观止。

3

其实大部分人在付出努力的时候，并不知道自己是否会有收获，但是所谓选手和高手，差的就是你有没有坚持到底。

屈原年少时，曾不顾长辈的反对，不论刮风下雨还是天寒地冻，坚持躲到山洞里偷读《诗经》。经过整整三年，他熟读《诗经》305篇，从这些民歌民谣中汲取了丰富的营养，终于成为一位伟大的诗人。

张爱玲在香港读书的时候，为了提高自己的英文水平，曾三年不用中文写作，包括写信。这为她在美国创作剧本、翻译《老人与海》

等著作打下坚实的基础。

英国著名作家狄更斯在平时就很注意观察生活，不管阴晴雨雪，每天都坚持到街头观察、记录行人的零碎言语，积累了丰富的生活资料。这样才有了《大卫·科波菲尔》中精彩的人物对话，才有了《双城记》中逼真的社会描写，他也成为一代文豪。

成龙幼时练武，每天五点起床，练至晚上十二点，早晨压腿时倒可以偷偷打会儿盹儿。后来作为替身的他，为了被导演选中，经常做别人不敢做的高危动作。直到自己做演员、导演，“拼命”依旧是他的标签。这才成就了他在华语影坛和好莱坞的地位。

他们在默默努力之前，并不确定自己是否能有光明的未来，但是因为不想辜负初心和梦想，他们依旧选择在黎明前的黑夜孤独前进。

有一个少年，被父亲送到艺术家工作室，结果被老师阿斯普伦德讽刺：“资质一般，无论怎么努力也不会有前途。”

但是，他毕业后全身心地投入椅子的设计和研发中。

几年后，当他与老师再次相遇，老师问他最近在做什么，他说，在做一把椅子。

又过了几年，他又与老师相遇，当得知他还在做一把椅子的时候，老师摇摇头走了。

可是，当他把自己设计的“红椅”送到巴塞罗那博览会参展时，一举夺得金奖。而作为评委的老师看到获奖者的名字时，真诚地请求他的原谅。

他就是丹麦现代家具的开山鼻祖，被誉为“丹麦家具设计之父”

的凯尔·克林特。

克林特的出众之处不仅在于面对打击时的不屈和坚强，更在于他毕生对一件事总是抱有无限的热情和不懈的努力。

这就是为什么我们身边的一些人看着普普通通，突然有一天你和他已相差十万八千里。

这样的人，抵得住诱惑，耐得住寂寞，有格局有远见，真正懂得厚积薄发的道理。

默默努力的人，一定不会过得太差。愿你也能拾起初心，从今天起做一个努力追梦的人。

不怕吃苦的人，才能尝到真正的甜

文♥沐　心

1

邻居王叔这几年过得很不容易。

先是碰到所在的单位裁员，无奈下了岗，可因为年纪大了，又没有技术在身，到处找不到工作，后来他只能应聘去当了保安。屋漏偏逢连夜雨，去年，他的父亲又患病，有一笔不小的医疗开销，更是让他陷入了雪上加霜的处境。

面对生活袭来的一场又一场变故，年过四十的王叔，几乎被打得毫无还手之力。

有人说，前半生选择享乐的人，后半生多数要做好吃苦的准备。王叔的人生，大概就是这般先甜后苦的样板。

高中毕业后就分配到企业工作的他，在原有的岗位上一待就是二十多年，其间其实也有过不少升职调动的机会，但都被他放弃了，原因是嫌太累、太麻烦。

在当时的他看来，自己有了这份工作，就等于是拿到了一张长期饭票，只需安逸地等待退休就好。

“以前，听人家跟我说，年轻时要努力工作多赚钱，多为后半辈子做打算之类的话，我都很不以为然。轻松安稳地过日子不好吗？为什么要给自己那么大压力？参加什么竞聘考试，纯粹就是自找苦吃。”一次聊天中，王叔不无自嘲地跟我说起过往。

“现在，当年跟我同一起点的同事，很多已经走上了领导岗位，唯有我成了下岗工人。都说人生有因果，我终于信了，可惜太迟了。我这一辈子，真是毁在了怕吃苦上。”

说这番话的时候，他沉重的叹息声，让我久久难以忘怀。试想，如果当年王叔肯对自己多一些要求，那如今所拥有的，想必是截然不同的命运。

老话说得好：宁吃少来苦，不受老来贫。

人生其实很公平。在年轻的时候多吃一些苦，努力追求上进，在年老时便不会轻易被生活难倒。反之，如果在最需要努力的年纪选择安逸，余生等待你的，便只能是吃不完的苦头。

2

我刚毕业的时候，曾在离家很近的一家企业工作，之后深感自己学历和专业知识不足，想要继续进修。于是我便准备辞职，打算到广州一边工作一边继续读书深造。

听到我要辞职的计划时，身边不少长辈都劝我，说一个女孩子家，有份工作就好，没必要那么辛苦。

我能理解他们的意思。在很多人眼里，女孩子到了年龄就应该以考虑婚姻大事为主，要为自己的后半生找个安稳的归宿。对此，我不是没有动摇过，直到在书中看到这样一句话：要想遇上好的爱情，首先就要让自己变得更好。

事实上，刚到广州那几年，我吃过很多苦。由于学历低，经验不足，只能先从助理做起，拿着微薄的薪资，工作量却十分繁重，加班加点对我而言更是常态。

有很长一段时间，我都处于要兼顾工作和学习的状态。那些日子里，我每天走路都是跑步的节奏，每天下班之后匆匆赶去坐车。到了学校，上课前一块面包加一瓶矿泉水，就当是晚餐了。周末几乎没有休息过，不是在办公室里加班就是在出租屋里埋头复习。

但也正是通过那两年持续不断的学习，我的工作能力得到了快速提升，眼界和见识也开阔了许多，后来才有机会成功应聘到另一家外企担任要职，薪水是以前的好几倍。

每每回想起那段经历，我都无比感谢曾经发奋努力的自己。没有过去的辛苦付出，就不会有现在收获成果的我。

唯苦过，方知甜。越早学会吃苦，往后越能体会人生的甜。

3

前不久，朋友李珍在微信上晒出了她的注册会计师证。配文是：我不负青春，青春也没有负我。

李珍并不是财务专业毕业，在一家外贸公司担任采购助理的她，出于工作原因，需要兼做进销存的账务处理。为了能更好地完成工作，她想到了利用休息时间去上财会的培训班，接着她还考取了会计从业资格证。

接下来的几年，凭着努力自学，她又先后通过了助理会计师和中级会计师资格考试，到现在，还把注册会计师顺利拿到手。

在这条朋友圈下方，有很多羡慕她的评论。可用李珍自己的话讲，她从来不觉得自己有多厉害，如果有什么值得肯定的，那一定只是因为，自己比别人多了一些不怕苦的精神。

确实，作为好友，我见过她在工作遇到难题时，虚心向别人请教的样子，也见过她周末在图书馆，一坐就是一整天的情景。

正如有句话所说：每一个优秀的人，都有一段沉默的时光。那一段时光，是付出了很多努力，忍受孤独和寂寞，连自己都被感动的日子。

从某种程度上而言，吃苦其实是人生必经的一种考验、一段修行。经由吃苦，我们才会变得更坚强、更有毅力，并且更能体会来之不易的甜。

总有一天，我们会明白：人生最可怕的，从来就不是吃苦，而是你让自己早早安于现状，得过且过。到头来，却不得不为曾经所荒废的时光而付出沉重的代价。

越怕吃苦，越有苦吃；越肯吃苦，越有福享。这是生活的残酷之处，也是公平之处。

年轻时，你走过的路、流过的汗、受过的累，都不会白费，它们终会化成丰厚的果实来回报你。即便没有达成想要的愿望，但若某天你跌落低处时，你曾经努力过的经历，也能帮助你无惧困境，勇往直前。

我或许就是学生时代最不合群的姑娘吧

文♥聪　聪

1

我想给大家讲一个我的故事。一个关于独立面对生活的故事。

我初高中上学那会儿父母都不在身边，因为他们工作忙碌，没时间照顾和陪伴我，于是我开始住校，学着自己独立成长。

那年我高三，国庆节室友都回家了，一个人在寝室会孤单、会害怕，最后还是移居到闺蜜寝室。

看电视、玩游戏、葛优躺，这貌似是假期正确的打开方式，国庆第一天就过去了。学姐在QQ上给我发来一条消息，中国移动国庆搞活动卖手机，卖出有提成，还有底薪，让我走出学校体验下社会的冷暖风情。

我觉得学姐主意不错，顺口告诉了闺蜜，想让她和我一起去，她躺在床上一边看着肥皂剧一边说："我不行，我不会说，我面对太多陌生人会害羞，再说，我们还是高中生，还是个小屁孩，他们会要我们？”

第二天我自己去了，中国移动大厅坐满了大学生，我打着“大学生”的旗号在众多学生中脱颖而出。四天里，我卖出了15部手机，9台平板电脑，赚了700块钱。

我没有想过我会留下，甚至看着那么多学生在那里等候通知时，我有一点儿害怕想要退却。那是我第一次直面这个社会，迈出第一步对我来说挺难的，可不勇敢迈出第一步，不去尝试一下，怎么能知道自己行不行？很多机会往往都是因自己否定自己而错过了。

百般纠结中我走了过去，跟他们坐在了一起。

每个人的内心都隐藏着一个勇敢的小护卫，也许我的这些勇敢在别人看起来并没有什么，但对我而言绝对是人生的一个突破。

2

时间追溯到5年前，那时的我渴望成长，渴望得到精神上的满足。貌似那个年纪，我就已经明白，每个人都是人生中的过客，别人没有义务帮我，我只能通过自己的努力去实现完美蜕变。

高三那会儿，我开始了特立独行的生活。早上没课的时候就会去图书馆，平时没事也选择去图书馆或者去参加各种聚会；我的生活还算励志，当时很多人都不太理解，甚至会觉得我的行为有点儿古怪，缺了点儿作为年轻人应有的缤纷和张扬。

那些年，很多同学另眼看我，觉得我孤僻、不好相处，觉得我我行我素、不苟言笑。

渐渐地，我活成了他们口中特立独行的“异类”。

我或许一直都是别人眼中最不害怕孤独的那个人吧！

一个人去吃饭，一个人看电影，一个人去上课，一个人去跑步。

我喜欢一个人的感觉，每当独处的时候我才能静下心，去斟酌我接下来该怎么走。

很多朋友都问我，你一个人不害怕孤独吗？

孤独，谁都不喜欢，但比起孤独，我更害怕堕落，未来的某一天，我害怕遇见那个一无是处的自己，所以，我只能硬着头皮往前走。

其实，在学校里，从众心理非常普遍，一个人做了一件事情，其他人也会相应地盲目去做，而偏偏，我又是那个她们口中不合群，活在自己的世界里的“另类”。

于是，她们一下课成群结队地回寝室，而我则默默地收拾课本，背上书包，一个人走上了和她们相反的去图书馆的路。

于是，中学时代，我很少说话，按照自己的生活方式做着一系列事情，忙碌中忘记了孤独长什么样子，慢慢地，爱上了那个充实的自己。

“我们终其一生，就是要摆脱别人的期待，找到真正的自己。”

《无声告白》里的这句话对我的感触很深。人生很短暂，路上的诱惑和荆棘总会迷乱眼睛干扰前行的方向。

20岁左右，我们要随时做好单枪匹马为梦想而战的准备，不要等到枪林弹雨漫天黄沙时，才意识到自己一无所有。

我是那个一直走在路上从未停止的女同学，哪怕面前崇山峻岭，哪怕耳边质疑重重。

3

我活在自己的世界里，我宁愿把自己的时间花在提升自己的地方，也不要浪费时间为一些不值得的小事纠结，更不会让自己被负能量笼罩。

我就是这样一个人。

当她们拉着我聊肥皂剧、网络游戏时，我会转身离开去干我的事；当被别人误解而我知道我解释没用的时候，我会选择默默承受所有的一切；当被朋友孤立说我不合群时，我还是会选择做我该做的事。我是那个不在乎别人在背后诋毁我、谩骂我的人。哪怕全世界都背叛了我，我还是会相信，远方有一道光，只要再坚持坚持，它终会照亮我的生活。

很多人都说，对就是对，错就是错。但长大之后你就会发现，事情已经没有明确的对与错、是与非。可能你觉得你在道德和观念上做的这件事是对的，可一百个人当中只有你自己觉得是对的，其余的九十九人都和你唱反调。可之后呢，我们还是要学会坚强，哪怕全世界的人都不认可你，你还有自己不是吗？

一个人要想受得起更多的赞美，就要承受得住更多诋毁。

压力是不可避免的，无论什么时候，它都会降临我们身旁，我们终要以自己坚强、不畏惧的一面去战胜生活所有的是是非非。

4

中学时代，我很庆幸自己活成了一个人，也很感谢那个没有丝毫犹豫选择了不合群的自己。

我一度很享受那种独来独往、屡遭排斥的生活。在那段岁月里，我沉浸在文学世界里，不会去为不合群找理由，不用尴尬于要和别人搭讪，也不会去在意别人的看法。

那些夜未眠的日子，那些为了梦想拼搏的日子，都是孤独的。但是，孤独恰恰是走向优秀的必经之路。就算无法让优秀成为一种习惯，也得让独立成为一种习惯。

因为独立，让我变得不再狭隘，让我能够在狭小的天地里，窥得更大的世界。

因为独立，让我不再斤斤计较，让我能够以更大的胸怀去拥抱那梦寐以求的生活。

因为独立，我成为别人口中不接地气的“怪人”，可那又怎样，为了挤入下一拨优秀的群体，路上总要有质疑和嘲笑。

我们都有自己的生活方式，不同阶段都会遇见不同的人，一批又一批，匆匆为我们上一课而后离开。最后不难发现，我们最大的归宿就是自己，那个不论你贫穷还是疾病都对你不离不弃的第一人始终是我们自己。

我们都在变得懂事，学着做一个不动声色的大人。

你，我，都在路上奔跑着……

愿我们多年之后，无论肩上的责任有多重，都能笑得像个孩子一样开心幸福。

我在生活的骄阳下，活得坚强。

CHAPTER 02

你最美的样子，就是坚持做自己

在任何时候，都不要放弃做真实的自己。愿我们都能柔而不娇、坚而不厉，从容淡定地走好人生每一步。

人越长大，越要懂得不动声色

文♥卑屈的猫格

1. 为什么我们要管理情绪

好像社会对女孩子都有一点儿偏见，觉得女孩子感性，每天要切换一百零八种情绪，时刻都被情绪裹挟着。

但是这句话对的一面是，女孩子大多受到的压抑程度小一些，很多时候比起男孩子被勒令不可以展现情绪，女孩子们的情绪大多可以正当地得见天日。

不过，情绪虽然正当，但是学会情绪管理依然是很重要的一件事情。

记得我有个老师说过，不管做什么事情要先处理情绪，再处理事情。原因也很简单，人类大脑进行理性判断时，多需要动用前额叶，但是人被情绪左右时，各种激素冲顶，前额叶可能陷入暂时性“昏迷”。所以说，大部分人总会后悔自己一时意气下说出的话，做出的判断。

求学海外的时候，我曾经认识一个加拿大妹子叫Linda（琳达），我认识她是因为她很有名，商学院这种三天一case（案例）五天一essay（论文）的学习强度下，能做到像她一样满绩点的也找不出几个人。因为同是商学院的学生，几次接触，我都觉得她好像一个加拿大版薛宝钗，每天看上去都带着官方的笑容，很是宠辱不惊的样子。

有一回我有幸和她分到一个小组写作业，我暗自得意，主要在于只要和她一起做这样的作业，一定是以高分收场，还没开始写作业，我就认定了她一定是智力超群，所以才能顺利carry（带动）全场。

等到开始讨论的时候，我发现这位美人只是耐心地鼓励大家发言，自己的几个观点都是中规中矩，并没有什么超乎常人之处。讨论结束之后，她问有没有人还有别的观点。一个男生讨论时不言不语，但是居然真的产生了不同的观点，他说他觉得我们整个方向都做错了。

好嘛，当下我就有点儿恼了，觉得此人无端生事，砸场子也没有这样砸的。同组的另一位男生也面露不爽的神色，和他针锋相对起来，质问他为什么不在讨论开始的时候就说出自己的观点。虽然他的指控看似有点儿莫名其妙，但主要原因在于，因为每个人的团体参与度都会计入各自成绩，所以经常有人讨论时不好好参与，只爱在大家结束的时候唱唱反调，表明自己有态度有立场。我们对这样类型的队友早就积怨已久，新仇加旧恨，你一言我一语，大家眼见就要吵起来。然而，Linda还是一张冷静的脸，她思索片刻，犀利地发问——

“你觉得你的观点和我们的哪里有出入？”“你的观点能不能找到理论支持？”“如果我们两个方案并行，你能不能独立完成你的那部分？”

那位自执一词的男生一下子被问住了，原本便只是随意唱唱反调，自己也找不到什么像样的说法，就只好悻悻地为自己辩解几句便放弃了。

我顿时感到佩服，通常来说，小组做的作业，难度虽然是有的，但是能不能做好，还是要看小组团结不团结，我也曾经不止一次遇到为了做一份小组作业闹得几乎反目的同学。在陷入争执的时候还能对事不对人，说起来容易，做起来却是再难不过了。

然而Linda的过人之处在于，当我和另外一个男生不约而同地前额叶“昏迷”之际，她的大脑仍然可以不被情绪左右，高速运转，既保证了团队的合作，又保证了最终成果的质量。

与她合作一次我才知道，原来美人的成绩靠的并不是智力超群，而是情商出众。

2. 你的情绪没什么不好

情绪管理的第一步，就是承认情绪的正当性，受到委屈了自然是该难过的，遇到快乐的事情每个人都会情不自禁地开心，这就像马儿会跑，鸟儿会叫一样，再正常不过。人能有这么多种情绪真的是太幸运的一件事情，向内可以细微地感知内心，对外又可以准确表达自己。

但我以前并不这么觉得，主要原因在于我爸妈。

我从小就特别爱哭，家里人总是对我这个习性恨之入骨，毕竟带着一个整天哭得昏天黑地的小孩是一件难以让人愉悦的事情。通常只要我一扁嘴，家人就知道我又要作怪，于是立马挂上一副凶狠的表情，质问我哭什么哭，仿佛这天底下就不该有哭的理由。

我觉得挺委屈的，因为在我心里，哭没什么可值得羞愧的。但偏偏在我们的传统文化里，哭泣大多是和一些软弱无力的事情挂钩，就算女性偶尔可以哭一哭，现实里面大部分人还是喜欢圆滑变通，情绪不露分毫的宝钗多于伤春悲秋的黛玉。

我有这种想法，也只能放在心里，并不敢同我爸妈讲。最让我感到绝望的是，我的成绩好了表现出一点儿得意，便被批评是骄傲自满；我羡慕同桌成绩好，回家在饭桌上刚说一句，我妈就要虎着脸，批评我是“格局小”；还有一回我小升初考试压力大，每天眉头紧锁，又要挖苦我心理素质差。

这件事对我来说的一个后果是，在很长的一段时间里，我都在以自己的情绪为耻，每当有什么不良情绪，我自己也开始在心底痛斥自己。

直到大学认识了一个念心理学的同学，她惊讶地说：“天哪！你没事儿吧？谁不会有不良情绪呢？”

在她的帮助下，我才明白，那些懂得控制情绪的人并不是不会产生情绪，问题的关键在于怎么处理自己的情绪。

虽然因为童年惯性，我还是会习惯性压抑自己的真情实感，但现在的我终于可以昂首挺胸地面对我的那些情绪，并且告诉自己，我的情绪合理正当。

这让我觉得，不良情绪好像也没有那么糟糕了。

3. 围追堵截，不如左疏右通

为了保持心理健康，我觉得每个人都应该有自己的情绪疏导方式。有的时候，一些情绪就像大水一样，单靠大坝来围堵，早晚会堵成洪水，倾盆而泻之际，怕是连自己都会惊讶自己居然会这样失控。所以我一直觉得，只有把情绪控制在一个合理的范围内，才能更好地管理情绪。

留学之初，我总是会莫名其妙地情绪崩溃。课堂上，有的时候看着教授的眼睛，就有种眼眶湿润的感觉。回家就想要扑到床上大哭一场，一来二去，自然无心向学，临到考试，压力更是劈头盖脸地扑面而来，最后我终于受不了了，哭着打电话跟朋友说想退学。

虽然最后被朋友各种哄劝住了退学的念头，大哭一场之后情绪也好了很多，但我还是觉得这个样子下去早晚我要精神失常，于是鼓起勇气预约了学校的心理咨询师。在咨询师的建议下，我学会了冥想，喜欢随着呼吸的节奏判断自己的每一种感受，那时候我才发现原来自己有那么多种情绪，有些情绪就像天上的云彩，飘飘就过去了，不留下一点儿痕迹，有些却总沉甸甸地哽在心里，说不出也咽不下。

原来那些积压在我心里的情绪，有对异乡的恐惧，有对家的思念，有学业的压力……

每次这样冥想过后，就好像自己站在一个站台，目送着那些不好的情绪慢慢离开，有种雨过天晴的轻松感。

学会了冥想之外，我发现那些总是困扰我的莫名其妙的失控慢慢地减少，就算是偶有心烦的时刻，也只需小小地自我鼓励一下便可以走出心灵阴霾。

除了冥想之后，每个人都有独特的情绪发泄方式，有人喜欢通过运动，把不良情绪从毛孔中随着汗水一起排出，有的人喜欢静静地听歌，让情绪跟着摇滚乐在耳膜里震荡。我想，管理情绪如同修葺大坝，一味地拦堵是不够的，水满自溢，当把情绪堵在心里压抑感受，只会把它养成一只哥斯拉，必然是要左疏右导，才能科学治理。

我想，每个姑娘都应该学会和自己的情绪和平共处，人生还有那么长的路要走，与其困囿于某种不良情绪中难以自拔，让生活因为一点儿情绪变成一团混乱的毛线球，不如积极地管理情绪，让情绪化为前进的动力。情绪就好像一头大象，但掌握了一定技巧，每个人都可以成为一个骑象人。那么，你是选择成为一个只被毛线球缠住的猫咪，还是一个技巧高超的骑象人呢？

所谓高级，不过是努力之后的从容

文♥洛小米

有人说，优雅是一个女人最高级的美。它不是靠昂贵的衣服、精致的妆容就能得到的，它是一个人知识、阅历、能力、情感、审美的一种综合表现。

一个漂亮的女人不一定优雅，而一个优雅的女人，举手投足间总能散发出一种迷人的气质。

1

说到优雅，很多人立刻会想到董卿。从春晚的端庄大气到《中国诗词大会》的字字珠玑，再到《朗读者》的知性优雅，一路走来，她完美诠释了一个女人最美的模样。

然而，这种知性优雅的气质，并不是与生俱来的。董卿17岁的时候，考入浙江艺术学校话剧表演专业。那时候，她还是个“丑小鸭”，总觉得自己不好看，在一群漂亮女同学中，经常感到自卑。

于是，她暗下决心，通过努力学习，提升自己的专业素质，弥补外貌的不足。后来，她成为一名记者。当时，《北京人在纽约》热播，董卿去采访姜文，采访结束之后，姜文很满意，对身边的明星们说："你们都来接受一下这个女孩的采访，她挺灵的，提问很到位，跟其他记者真的不一样。"

那一刻，董卿心里开始有了自信。

后来，不论在哪里工作，她都努力做到最好，而且无论多忙多累，在结束一天的工作之后，她总要再读上一个小时的书。久而久之，她的知识越来越丰富，气质越来越好，举手投足都透着优雅从容。

有一句话说得好：你的气质里，藏着你走过的路、读过的书和爱过的人。那些所有进入你眼中的文字，经过时间的沉淀，最终都会体现在你的气质里，体现在你的言谈举止中。

优雅气质的养成绝非一日之功，是书籍和阅历滋养出来的动人气质。

而提升气质的最简单方法就是，阅读。

2

几年前，去杂志社参加一个笔会，女社长一登台，惊艳全场。因为她的名字特别男性化，文风幽默犀利，大家一直以为是位中年大叔。

女社长已经47岁了，但是，身材苗条、腰背挺拔，淡淡的妆容配上合体的套裙，有种说不出的优雅，发言也是温柔又有力量。

邻座女孩悄悄说：“要是我老了能像她那样，还怕什么老啊！”

会议结束的时候，我加了她的微信。慢慢了解到，其实，她是偏远农村出来的苦孩子，父亲是矿工，母亲是家庭妇女，但是父母重视教育，两个女儿都读了大学。

她刚开始到杂志社报到的时候，还穿着母亲自己做的衣服和布鞋，因此还被嘲笑。但是，慢慢走过来，她把自己打磨成了温润的玉，温暖却有骨骼。

如今，她每周去一个读书沙龙，每天跑步、健身，整个人看起来只有30多岁的样子，每次开口说话，都面带微笑。

但是，能看得出来，杂志社里的编辑们都很敬重，甚至有点儿怕她。有一次我问她，气质那么优雅，说话都不发高声的人，怎么让大家敬服的？

她说：“你看到的从容优雅，是跌了无数跟头，碰过无数南墙，受过无数委屈之后，慢慢历练出来的，所以，会有一种无形的力量。”

是的，优雅不仅仅是一种美好的气质，更是生活淬炼出来的智慧。

3

优雅的女人，一定是美丽的，而美丽的女人，只有突破皮囊的禁锢，破茧成蝶，才能享受到成熟的优雅。

很多时候，女孩子都希望凭借美貌，找一个让自己衣食无忧的男人，满心欢喜嫁过去，但其实这是最靠不住的。

恋爱时的甜言蜜语听听就算了，真正柴米油盐过起日子来，男人大多会选择跟自己合拍，对自己有帮助的女人，而不是一个徒有外表、别无所长的女人。

《我的前半生》里，养尊处优的罗子君很漂亮，但最终被相貌平平的凌玲上位，就是这个道理。

罗子君不甘心，痛哭流涕。贺涵对罗子君说："你已经不年轻了，不能再靠刷脸去坐人生的摆渡船了，为了你的下一次恋爱，下一次婚姻，下一份工作，你要做个有用的人……"

罗子君果然努力去做了，而且凭借不懈努力成了职场精英。蜕变后的罗子君，身上也有了一种干练、优雅的气质，再和闺蜜唐晶站到一起，没有了那种雅和俗的天壤之别，连前夫看她的眼神都变了。

不仅如此，重新站立起来的子君，一步步实现了自我成长，能照顾好孩子，还能资助母亲和妹妹一家人。工作上，她甚至能得到"女魔头"Miss（女士）吴的首肯，成为很好的合作伙伴。

她的气质越来越好，以至于眼光苛刻的贺涵都被她吸引了。不能说所有优雅的女人都有成功的事业，但所有成功的女人，一定都很优雅。

4

优雅的女人是懂得爱的女人，她爱家庭、爱孩子、爱朋友、爱工作，也懂得关爱自己。

她会在下班时，随手买一束鲜花带回家，让家更加温馨甜美；

她会在连续的加班工作之后，给自己买一款漂亮的包包，奖励自己的努力；

她会在家庭之外，有自己的几个闺蜜，一起聚会、旅行，享受友谊的滋养；

她会在某个轻松的周末，去书店静静地看会儿书，回忆大学时光；

……

这样的女人，虽然也会在岁月轮转中老去，眼角平添细纹，鬓角染上微霜，但是，举止会越来越优雅，成为人群中的一道风景。

香奈儿说过：“希望你60岁走在大街上还有小年轻向你吹口哨，然后挥动你优雅的玉手告诉他，孩子，我是你奶奶。”

愿每个女人都活成自己喜欢的样子。

愿你我淡定从容，被岁月温柔以待

文♥小陈陈

不知从什么时候起，“锥子脸、大眼睛、少女感”的“女神”遍布大街小巷。

这种千篇一律的美，似乎缺了一点儿个性和灵魂，不由得让人想到民国时期那些有风骨、有气质的名媛。

而她们当中，最让人钦佩的当属郭婉莹。她是上海永安百货的四小姐，是民国时期真正的金枝玉叶。有人说她是中国最后的贵族，一生坎坷，却一直昂扬着高贵的头颅。

面对生活的苦难，她优雅如初，颇有一种“就算生命以痛吻我，我却报之以歌”的豁达与从容。

淡雅的女人最有魅力，淡雅的女人远离粗糙，力求精致，她们走到哪里都散发着无形的吸引力，无论是经历了岁月的变迁还是无情打磨，都闪耀着卓尔不群的气度。

怎样才能成为一个淡雅的女人呢？

礼貌是优雅举止的基础

任何女性都不能放弃对美丽的追求，爱美是一种对生活充满希望的积极心态，就像你可以不化妆，但是一定要懂得护肤。

不过，除了追求容貌，更重要的应该是对内在气质的修炼，优雅的气质离不开大方得体的仪态，而礼貌是举止优雅的基础。

著名心理学家卡耐基的著作《淡定的女人最优雅》一书中有这样一个故事：

一位女士向卡耐基求教如何才能找到心仪的工作。

到了约定的时间，她并未敲门而是直接闯了进来，开口就直接问："为什么没有人愿意雇用我？"

在接下来的抱怨中，她不停地抖腿、眼神游离、挖耳朵。

于是卡耐基决定用行动给她上一课，他先是把双脚放在办公桌上，心不在焉地听对方讲话，还挖起了鼻孔……

那位女士实在忍无可忍，大声训斥卡耐基不懂礼貌，卡耐基借此告诉她："这些举动都是跟您学的呀，您找不到合适的工作不是能力问题，而是不懂礼貌，不懂社交的礼仪。"

随后，这位女士去报了礼仪和形体课，最后成功找到了心仪的工作。

其实，真正体现我们内在气质的关键，就在举手投足间。

很多人以为处事不惊的淡定和温文尔雅的气质是天生的，其实不然。如果你用心修炼，一样能成为一个淡雅的人。

腹有诗书气自华

有这样一句话：你读过的书就是你的人生格局。

我们在成长过程中不断完善自我，容貌可能会因此变美，但修炼内在气质最好的方法就是读书，唯有知识能让我们免于平庸。

《颜氏家训·勉学》有言："积聚万贯家财，抵不上读书有益。"

颜值与气质并存的女性，通常都很爱看书。

刘若英是公认的气质女神，无论是年轻时还是现在，逛书店都是她最大的乐趣。她不仅爱看，自己还写书，还曾感叹自己买的书比买的衣服更多。难怪她总能给人一种舒服的气场。

淡雅恬静的韩雪也很爱看书，她在微博开创读书话题，与粉丝分享自己的阅读心得。她还自曝曾花三年时间苦读英文原版书，觉得只有在阅读的时候，自己是最放松的。

对于我们来说，只有不断地给自己充电，才能在学业和职场中有竞争力。

不要把学习当作是学生时代的事，我们应该有"活到老学到老"的精神，这样才不会被时代淘汰。

曾国藩说过："人之气质，由于天生，本难改变，唯读书可变化气质。"

不要说没有时间读书，每天抽出半小时阅读，一周至少也能读完一本书。

书读得多了，在日积月累中，我们的价值观、人生观都会发生改变，日积月累，便能洗涤心灵，影响我们的人生。

自信让你更有魅力

美貌可以让女人骄傲一时，自信却可以充满魅力。

自信的魅力在于，不管你的容貌如何，这份优雅与从容总能让人眼前一亮。

心理学研究表明，真正的自信源于自我接纳。这意味着你爱自己，认可自己的价值和存在。

曾经有幸采访一位心理学教授，年过花甲依然是优雅的美人。

退休后依旧有很多机构聘请她去工作，她既能和业内专家谈笑风生，又能和送餐小哥相谈甚欢。

有次我看见她的背包很别致，她却说这是在天桥上花30块钱买的。

我有些诧异："您也会买这么便宜的包吗？"

她却笑着说："我背过3万的包，也背过30块的包，东西的价值不应该以钱来衡量，应该看自己是否喜欢。"

你来自骨子里的自信，远超过那些名牌产品的修饰，自信和优雅，才是每个姑娘行走江湖的底气。

谁都希望自己成为自信的人，却很少有人知道自信的根源，那就是无条件地接受自己。

很多敏感、自卑的人，不愿意接受自身的缺点，竭力伪装自己成为幻想中的“完美人”，这样只会给自己增加更多压力，活得更辛苦。

人无完人，缺点也是生命的一部分，只有真心接纳它们，才能活出真正的自我。

控制好情绪才是人生赢家

人生就像一场旅行，没有谁是一帆风顺的，每个人都会遇到这样或那样的挫折与不幸。

面对这些不幸，有的人会陷入悲伤、愤怒、纠结、嫉妒等负面情绪，抱怨命运的不公，不仅折磨自己，也伤害他人。

而有些人却能控制住情绪，理智地面对苦难，冷静地面对烦恼，化悲痛为力量，温暖自己和他人。

曾看过一条新闻，一位美国妇女在同一年遭遇了丈夫病逝和儿子车祸身亡两件事，她十分痛苦，甚至也想结束生命。

这时有好友劝她应该做一些自己喜欢的事来分散注意力，她就想到开一家花店，这是她童年的梦想。

于是她在小镇上开了一家花店，每天精心侍弄鲜花，还在花店后面开垦出一片土地，也种满了鲜花。

渐渐地，有更多的人前来欣赏、购买鲜花，她也会隔几天就给附近医院的病人送去鲜花，病人们都十分感激她，经常给她写信和贺卡。

后来，她开始在网络平台发布花园和生活的照片，鼓励越来越多在生活中遇到苦难的人们。

慢慢地，她再次找到了生活的方向，不再痛苦抑郁，变得更加有活力。

我们的外在情绪都是内心投射的结果，一切问题的根源都在我们自己身上。

如果我们能够调整好心态，控制情绪，改变能改变的，接受无法改变的，所有的事情都会境随心转。

我们经常会羡慕那些集美貌与才华于一身的女子，但其实她们的优秀并不得益于运气，而是经时间打磨，严于律己的结果。

不要把宝贵的时间浪费在和人纠缠、负面情绪和追剧中，而是花时间看书、锻炼、交友、看世界，做喜欢的事，见喜欢的人。

岁月从不败美人。愿你能做一个淡定、优雅的人，既有好看的皮囊，又有有趣的灵魂。

摧毁一个真正强大的人有多难

文♥林一芙

在医院实习的时候，我们这群初出象牙塔的女孩经常讨论“未来想要成为谁”的话题。

每个人都说老了想要活成林青霞、赵雅芝，活成世人口中的“终身优雅”。但这些荧幕上的人都隔得太远，如果在身边找一个范本的话，我们都想成为11区的护士长。

11区是妇科三区，收治一些乳腺恶性肿瘤的化疗患者。11区护士长是病区里少数每天都化着淡妆的护士，步子也总是很轻快，但我们都形容她仿佛在背后长了眼睛，哪一床最近呕吐，哪一床需要及时翻身，她都如数家珍。

在医院里，实习生和正式员工总归是有分别的，但护士长在走廊上见到我们，总会热情地用本地话问候我们“阿妹丫，食饭未”。要是没有，她定要把你拉来，围桌吃一顿她精心准备的泥鳅炒粉干或是排骨泡面。她每次煮完饭，灶台都一滴汤汁不留，像之前一样干净——或者说，比之前更干净。

11区护士长是我在整个医院见过的最干净整洁的人。粗心的实习医生将换药的纱布、胶带落在桌子上，她路过时都会细心地将它们收起来，顺便还将家属们散落在床头柜上的烟蒂一并收走；夜班室床上的被套，她三天一换，床前不到半米的窄桌，逐个排列着夜班盥洗工具。

其他科室的护士长懒得教育频繁换科室的实习生，唯独她每次都神情严肃地要求他们“做事不仅要做完，还要做得用心、漂亮”。

11区护士长最特别的一点，是每次在病人化疗前都要叮嘱家属买好假发和宽檐帽。

妇科病房里住的都是女性，其他病区的护士也会建议家属买假发和帽子，但都只是随口提醒，唯有11区护士长对这件事格外上心。

有些家属觉得累赘，不愿意花这份钱。她私下里苦口婆心地劝：“假发和帽子就在街角拐弯口的小店里，一站式都能买齐。你们千万记得，要陪着病人去，别不耐烦，陪她挑一顶称心的。生病前都是体体面面的姑娘，不能因为病了，就让她觉得暗淡无光，得学着给生活添点儿念想。”

这在别人看来是小事，在护士长看来却是大事。

就因为这样，11区的愁云惨雾比起其他化疗的科室要少一些。女病人们涂点儿腮红盖住蜡黄面色，抹点儿口红遮上惨白唇色，昂首挺胸地走出11区，依然是个头发油亮的美人儿。

护士长有着幸福的婚姻，丈夫在机关单位工作，见首不见尾，却在情人节送了99朵玫瑰，让她被我们打趣成“红玫瑰小姐”。但这一切美满，却在我们实习的那一年戛然而止。

护士长丈夫在上班路上突然说感到胸痛，随即昏厥，同事第一时间将他送入医院，却已是回天乏术。

我们医院在城北，护士长的丈夫在城南的医院抢救。在那个有着熟悉的器械但环境却完全陌生的急救室里，她送走了自己正值壮年的丈夫。

中年丧夫，人之不幸。我们在医院工作过的人，不枉谈什么“努力活得漂亮”的空话。每个人的际遇不同，对于境遇艰难的人来说，“努力”和“活得漂亮”之间真的没有必然的联系。

“人活得再漂亮，也是要低头的。”我每次看到护士长，无不遗憾地想。

印象中护士长休息了几天就重新回来上班了。上总务班的时候，她处理完一上午的表格，从办公室里出来时眼睛通红，但仍然清了清嗓子，沉稳地交代下一周的排班。

她依然每天化好淡妆，步步生风地行走在病区里。那时候我们病区有个13床，因为化疗反应凶猛，每天自怨自艾，觉得日子走到头了。

“啥错事都没干，咋就得这个病呢？”她每哭一次都要闹一次，拒服药、拔针头、擅自离院。

护士长每次输液时都抽空和13床聊几句。这不是她的分内事，但被她当成工作一样日日践行。

“我们这儿过去也接过一个病人，和你一样的病况，前几天还回医院看我，能走能跳的，还给我带了一箱她自家种的梨呢。”

她一边笑，一边给13床转移着话题：“改天我把梨给你拿来，叫你爱人榨汁，汁多还甜。人越是病啊，越该吃点儿甜的，否则嘴里太苦。”

隔天去病房一看，床头柜上果然有两个又白又大的梨。可我们都知道，那几天根本没有什么“老患者”送来梨。

人生实苦，她是自己嚼着苦瓜，还能送糖给过客的人。

护士长说话时仍和从前一样总是带笑，只有一次没有。

那一次，她劝13床说：“凡事要往好处想，您这算是好了，将什么事都交代了，我先生走得突然，一句话也没说啊，可是日子总得过啊……”眼里是无尽的遗憾。

没过多久，护士长听说本地有些医院开始和省红十字会合作办免费的心肺复苏培训班，向社会人士普及急救知识。

护士长东奔西走，大费周章地找来昔日同窗牵桥搭线，终于在本院办起了培训班。培训班用的是医务人员的业余时间，但她几乎场场都参与。来上培训班的都是一些对心肺复苏有兴趣的人，几乎全是零基础，她必须不厌其烦地演示步骤，一遍又一遍地纠正每个人的动作。

我曾经陪护士长去过一次教学现场，那些接受过专业训练的男人做上几分钟就已经大汗淋漓的动作，她重复做了多次，每次都不敷衍：确定体征，清理口腔异物，胸外按压，人工呼吸……

我不知道，她在做心肺复苏的时候，有没有那么一刻，幻想回到了丈夫倒下的现场，一步一步将丈夫从死神的手里拽回来。可是，医务工作者的天职是要和死神赛跑，既然追不回自己的丈夫，也想要从死神的手上再拽回一些幸运的人。

心肺复苏班结业典礼那天，护士长作为代表上台讲话。

她穿着洁白的制服，领结熨烫得一丝不苟，语气平淡地讲述了自己的生活。

人在失去至亲的那一刻往往是没有感觉的，真正让人有所察觉的，是在一天的忙碌后，突然看到微风吹起门外的爬山虎，听到抽油烟机如常发出“哔咔哔咔”的声音，却少了昔日人影。这迟钝的痛感来得漫长又深刻，突如其来地刺痛了她。

她在医院里看见绝症的病人在和他们的家人告别，而自己和丈夫之间，好像少了一场仪式。她觉得是时候给自己的爱人办一场真正的告别仪式——培训班就是她选择的告别方式。

曾经的我，以为优雅是一道附加题，必须在前卷全部答对的情况下才能做。或者说，优雅像一株稀有植物，必须在生活无虞、物质丰富的土壤里才能长出来。在逆境中的人们，可以理所当然地放弃自己的优雅姿态，俯身跪天地，宁为一蜉蝣。

但自始至终，我没有看到过护士长狼狈的样子。生活不怀好意地准备毁灭她，她却拱手回赠了一个依然优雅的背影。

没有人强求她在大灾大难后的体面，哪怕她突然大哭一场，哪怕她无心工作，也能获得所有人的谅解。

大家都体贴地准备着接受她的崩溃，但真正的体面优雅，是偏要用更好的自己作为苦难的注解。

薄柳之姿，望秋而落。松柏之质，经霜犹茂。

小时候我读《飘》，最喜欢的一段，是家徒四壁的斯嘉丽为了不让庄园被抢走，去向白瑞德借钱。她把唯一值钱的绿窗帘扯下来，做成了一条绿色天鹅绒的裙子。我太喜欢这个细节了——在尘土里摔了个大马趴，下一秒拍拍屁股，抹干净脸，欢欢喜喜地从头来过。

人们给渡过苦难下过很多定义，似乎只有最坚强、最有能力的人才能在大风大浪中安然无恙。所以我们常对生活咆哮，企图以暴制暴，但下一场暴风雨依然会准时降临。

而优雅的人，总会在尘土里找到星星。

世人们嘲笑星星无用，毕竟它不是渡船，不能将人安全载到彼岸。但没有渡船的时候，有颗星星也很好。至少，它在天上闪耀着，告诉你，该往哪里走。

你们的关系还不够牢靠，那就别轻易诉苦了

文♥阿识学长

1

深夜，有两年没有联系的网友娟子姑娘发来一条微信。

她说，阿识学长，看你在微信公众号里写过不少有关友情方面的文章，想必你对这个东西或多或少会有了解，所以很抱歉打扰到你。

我前两天和好朋友闹掰了，很难过，感觉自己走不出来了，相当痛苦，什么都不愿意做，就是想哭，想骂人。

“阿识学长，我是不是很无聊呢？”

我说：“没事的。”

过了大概一分钟，娟子姑娘又发来一条消息，她说：“阿识学长，你现在有空吗？我能给你打电话吗？”

碍于面子，我给了她电话号码，也在大约三十秒钟后接通了她的电话。

刚开始，娟子姑娘问我对于她失去好朋友这件事有没有什么看法。

坦白讲，我对娟子姑娘并不了解，尤其是，对于她的成长经历，我更是一无所知。我和她之所以能够成为网友，是因为曾经我在国内一家BBS（网站论坛）担任版主，当时刚上大学的娟子姑娘发了一条帖子。

大概内容是，有一天夜里，她发高烧，很难受，想让室友带她去看病。但是大家都对她置之不理，各自玩着手机，连平日里相处得最好的朋友都没有任何反应。于是她只好故作坚强，带着一肚子气愤从床上爬起来，然后一个人打车到十几里以外的医院打点滴，半夜三更又回到寝室。

看到这条帖子后，我给她发了一条很长的私信，谈了谈我的经历和感悟。可能是娟子姑娘觉得我说的话挺管用的，能够引起她的共鸣，并且能治愈她，问了我的微信号。我们便成了网友。

但是，娟子姑娘从来都没有在微信上和我聊过天。我们顶多就是赞一下或是评论彼此的朋友圈，没有更深层次的接触。

所以，我一点儿也不了解娟子姑娘，更找不到任何词汇去描述或是点评她最近的遭遇。我只能在电话里头劝她说："你别难过了，一切都会好起来的，还是早点儿睡吧。"

可能是，娟子姑娘觉得我对她毫不关心，然后很生气地质问我："难道你们这些作者都是这么冷漠无情吗？"

我说："不是的，不是你想的这样。"

然后，娟子姑娘又断断续续地对我讲述她最近的经历。有时候，讲到动容之处，她就会问我："阿识学长，你怎么看？"

可每当我要开口回答她时，她又抢过我的话，不让我说。

这让我觉得有点儿难堪。

生活中，无论你扮演什么角色，是主演也好，配角也罢；是倾诉者也好，倾听者也罢，都会陷入这样一种尴尬的情节，你回答她的话，她说你婆婆妈妈，啰里啰唆；你缄默不语，她又说你心不在焉，满不在乎。

这样的人心里明明有了答案，还非得问别人怎么办。他无非就是想让别人认同自己，能够站在自己的立场上处理问题。那万一人家不支持他，甚至还很反对，他又会怎么办呢？他肯定会气得龇牙咧嘴，他不会再把你当成树洞。

有些人，只是路人，成不了永远的朋友。

2

有个朋友跟我说过这样一句话，挺有道理的。

"深夜失眠时，不要轻易向任何不熟悉的人诉苦，因为20%的人不关心，剩下的80%听到后很高兴。"

与其找一个许久都没有联系过的人倾诉，还不如独自忍受这份痛苦。因为突然某天和一个许久没有联系过的人联系一次，这不但显得有些唐突，还让人觉得很功利。更悲哀的是，一旦对方没有说出你的心声，或是对于这件事，和你的价值观不太一样，你的情绪反而会更加失控，感到越发孤苦难受。

另外，对于许久都没有联系过的人，想必你也没有把他当作知心朋友，也没有让他真正融入你的生活。

如果你把一个人当成贴心的朋友，你一定会忍不住和他说话，也一定不会隔那么久才去联系他，更不会只是在自己最需要帮助的时候才想起他，找到他。

你把别人摆在什么位置，别人也会把你放在什么位置。人生中，能够安慰你、鼓励你、帮助你的，是你对待别人的态度。

3

我的兄弟常大哥做过这样一个试验：

如果有一天，你心情低落，觉得难过无助，想找一个人倾诉，给十个许久没有联系过的朋友打电话，会有4个人手机关机，3个人拒绝接你的电话，还有3个人接了你的电话，但是这3个人都会感到不耐烦，甚至这3个人当中会有1个人骂你神经病。

但是，如果你给时常保持联络的知己或是父母打电话，不管你打多少次，他们都愿意接听，不管你打得多么晚，他们都会陪你聊下去。

对于他们的劝导，你也会认认真真地听取并做出反省，而不是像跟普通朋友联络时一样，既不真诚朴实，也不刻骨铭心，你们没有说几句话，就会把天聊死了，或是说了很多话，却一句话也没有记住。

更憋屈的是，你不但要客客气气、规规矩矩，还要时刻保持警惕，甚至有时候还得揣测一下对方的心思，生怕哪里不对就激怒了对方，做不成朋友。

你明明是想找一个人诉说内心的苦恼，宣泄一下烦闷的情绪，结果却找了一个并不真正了解自己的普通朋友，你在这场谈话当中会陷入左右为难的局面，不但得不到安慰和解决办法，反而暴露了你的脾气和秉性，让双方感到紧张，惴惴不安。真的有点儿得不偿失。

人生中，我们常常以为自己举足轻重，无人替代，但现实往往会因为高估自己，而给生活徒增很多负面的心理负担。

不管你走过多么艰辛的路，经历过多么悲惨的事，受过多么沉重的伤，你时常感到孤苦难堪也好，总是觉得心酸寂寥也罢，别人给你的安慰或是满足感也只是暂时的，就好像梦幻一般，只会让你内心的恐惧和焦躁肆意蔓延。

另外，别人也没有义务和责任，放弃宝贵的休息时间和你谈天说地，宣泄情绪。你若是真的想要摆脱身体的束缚或是心灵的枷锁，获得真正的安全感，唯有让你的内心变得充实起来。

比如，孤独空虚时，你可以尝试着静下心来，在书房里读一本好书，或是坐在床头看一部喜剧电影。

伤心难过时，你也可以塞上耳机，在宁静的小道，一边漫步，一边听一些舒缓治愈的歌曲。

总之，能够在午夜愿意了解你的忧伤，并给予及时的抚慰，那这个人除了是真正懂你的知己或者父母，便是你自己。

因为只有你自己真正学会了隐忍、独立、知足、思考时，才会在浩如烟海、纷繁复杂的世界里找到越来越多的信心和勇气，同一个人真诚、真心地交往。

你要相信，总有一天，有个人会千里迢迢赶来眷顾你。

最好的安全感，是我可以在你面前示弱

文♥谢四毛

《妈妈是超人》中有一期，霍思燕的朋友因有事外出，暂时把两个娃委托霍思燕照顾一下午。

因家中有客人到来，霍思燕几乎把所有的精力都放在了照顾朋友两个娃的身上，也一直让嗯哼把玩具让给小弟弟们玩。

霍思燕对嗯哼表现不好的地方，也没有像以往一样有耐心，而是有点儿大声地和嗯哼说话。

嗯哼很委屈，躺在地上不肯起来，眼泪汪汪。

他对霍思燕说："我以后长大了，不会给你买100个化妆品了，也不和你去坐火箭了，谁让你今天一直说我？"

末了，还跟霍思燕说："如果你跟我道歉，我就还给你买化妆品，还带你坐火箭。"

霍思燕也有点儿生气，并没有顺着嗯哼的意思去做，嗯哼委屈得直飙眼泪。

直到后来，霍思燕给杜江打电话，嗯哼在电话里哭得上气不接下气，谁知嗯哼听了杜江一番话就躺在妈妈的怀里，和妈妈言和了。

很多人都说，霍思燕对嗯哼有着非常好的教育方式，才让嗯哼保持了如此天真的模样。

对自己的情绪从来不加掩饰，觉得吃醋和无助的时候，就一定会表达自己真实的想法。

因为他知道，妈妈一定会看到他的感受，在父母身上，嗯哼知道，他不必逞强，可以示弱。

安全感，是每个人终其一生，都在追求的东西。

知乎上有一个话题："你在哪一个瞬间，觉得自己扎心了？"

有一个女回答者，她说，有一次跟舍友闲聊，说起恋爱的话题，她吐槽说，她没有办法接受一个人走进自己心里，也不想和别人一起过一辈子，她觉得一个人过挺好的，她可能就是没法对一个人好。可是她弟就不一样啊，他就很想找一个对象，可劲地宠着，跟她说好多好玩的事，大家说，同一个娘生的怎么差距就这么大呢？

答主的舍友回答："可能他得到的爱比你多吧。"

当时答主的喉咙就哽住了，拼命地眨眼才没让眼泪掉下来，因为舍友说出了她这么多年来不想承认的现实。

看到这里，我也湿了眼眶。

仅仅脑补，就可以知道，这个答主面对重男轻女的父母，是掩盖了自己多少的心酸和委屈。

可以看出这个女主，在恋爱和平时的人际关系面前，并不是一个懂得撒娇的女人，而是一个酷爱逞强的小英雄，因为她从来没有尝过，那种可以示弱的安全感。

人的一生中，有两种能力需要你去学习，一种是独立自主的能力，另一种则是培养自己懂得示弱的能力。

而示弱比逞强更需要勇气。

什么是最好的安全感?

最好的安全感是，我可以在你面前示弱。

闺蜜小静恋爱了，并且恋爱不久之后，就决定和男友步入婚姻，听到消息的我们都吃了一惊。

因为已经28岁的小静，在此之前，从来没有谈过恋爱，也没有那种渴望找个人过一辈子的想法。

她是一个很没有安全感的人，因为在原生家庭中，她早早和父母分开，没什么来往，这些情况带给她很大的影响。

她从15岁那年开始就一个人在外面生活，大大小小的事情，都习惯了一个人处理，对她来讲，她从来不知道如何在一个男人面前示弱，直到这个男朋友出现。

她说："这两年中，他一直陪在我身边，也会和我分享生活中、工作中和家庭中出现的问题。时间久了，我就决定给彼此一个机会。

"可是真正让我决定和他结婚的，是当我把我的家庭情况告诉他时，他什么都没说，只说了一句：'从此以后，你要学习把生活中遇到的困难都告诉我，因为这已经不是你自己的事情了，而是我们的事情。'"

恋爱中，男友会时刻和小静保持沟通，会经常将自己的想法告诉小静，也会和小静探讨生活中各自的想法和规划。

时间久了，小静开始慢慢放下自己的防备心，慢慢展现更柔软的自己。

她说："我活了28年，第一次发现，懂得示弱的女人，不是因为她没有能力，而是她知道她身后，有一个最安全的港湾，这种感觉，可真是太好了！"

锦上添花，确实是一段爱情应该有的样子，但是很多锦上添花的背后，其实都有着适当的雪中送炭。

在婚恋关系中，最大的境界是双方都可以在对方面前坦诚自己脆弱的一面。

因为你知道，真正的爱情，不会因为你暴露了你的脆弱，而失去对方。

真正的爱情，是你们看到了彼此最真实的样子，却依旧携手同行，不离不弃。

朋友小慧，从小就非常独立，雷厉风行的她即便谈恋爱，也都不知道怎么去示弱，她总是害怕麻烦到对方。

去出差，男朋友说去机场接送，可是想到男友第二天还要上班，就又摆摆手，说自己坐朋友的车就好。

生活中有任何小事，她都自己扛下来，不懂得告诉男朋友。

小慧的男朋友因此觉得和小慧在一起没什么意思，最后终于分道扬镳。

小慧半夜找我诉苦，一杯酒下肚，她说，从小家庭环境造成了自己不知要如何才能去依赖一个人，所以慢慢变成了一个自己披荆斩棘的女英雄，不懂得真正的恋爱关系是需要在某些时刻变成小公主的。

我说："你也不要完全怪你自己，或许是这个男人还没有让你能够完全敞开自己内心的信任，或许，他还不是对的人。"

她说："也许吧，但是下一次恋爱，我一定要学会多坦诚自己的脆弱，尝试着信任别人，去给自己足够的安全感，而不是自卑地觉得自己配不上别人给的好。"

什么是安全感？

人人都知道，这个社会上，所谓的安全感只能自给自足，而最好的关系，最好的安全感，是我可以在你面前示弱。

可同时，得到安全感的方式，不如从学习示弱开始。

畅销书作者、赫芬顿邮报专栏作家马克·梅森这样描写过"示弱"的方式："让自己看起来更弱势一些并不意味着我们要把自己内心的恐惧与缺乏安全感全部展现给他人。真正的方式在于将自己放在一个可以被拒绝的位置，预先向他人提出自己失败的可能，讲笑话时把'我知道这可能冷场'放在前面。"

也就是说，示弱，是你不再对自己感到自卑和害怕被人拒绝，是你本身有着强大的自信。

让你可以敢在亲密关系中，或者职场关系上，适当表达自己的软弱，而不是逞强给他人看。

为什么有些人可以那么容易就向别人表达脆弱，有的人却终其一生，都只能活在自己的盔甲里？

归根结底，还是跟我们从小感受到“无条件的爱”有关系。

很多父母并不知道，在婴儿时期，其实小孩就已经可以对这个世界的感情有着非常敏感的链接了。

我们可以根据自己哭闹的情况去感受父母对我们是否有着无条件的支持和陪伴。

所以有些在孩童时期受过伤的人，也许成年后表面一切正常，但是真正的创伤，已经发生在他的内心里。

这类人，很难将自己的需求点表达出来，因为他们从来不曾感受过真正的安全感。

如果不可避免地，在孩童时期没有得到安全感的满足，我们该怎么办？

曾经看过一篇文章《“爱无能”是一个伪命题》，作者在文中说，请不要再定义自己为“爱无能”了，因为爱是你与生俱来的能力，你并不缺乏爱的能力，如果爱是一门艺术，你总可以通过不断修炼来让自己更好地去爱别人。

同样，示弱也是一门艺术，是一门可以通过不断修炼来让自己得到更多安全感的能力。

在学习示弱的时候，最开始是要学会去信任自己。

你会发现，在很多关系里，懂得示弱的人，通常都是那些对自己无条件信任的人。

他并不会担心自己示弱之后，就会变得被人抛弃或者拒绝。

即使真的出现这样的情况，他们也不会上升到对自己否定的层面，下一次，还是能很好地表达出自己的需求和情绪。

当你相信自己，爱自己时，你就会去信任对方，就会开始把自己柔软的一面展现出来，而别人也会接纳这个真实的你。

向别人示弱，其实就是学会向自己示弱。

最好的安全感，是你自己有勇气示弱。

顶级的聪明人，懂得给别人留余地

文♥李思圆

有一句话说，得道者多助，失道者寡助。

指站在正义、仁义方面，会得到多数人的支持帮助；违背道义、仁义，必然陷于孤立。

而所谓的义，包含很多层内容，但其中必有一条，就是做人做事，都懂得给别人留几分余地。

留点儿光环与人　不必抢尽风头

要说，2018年最成功的国产电影，非《我不是药神》莫属，此片火了以后，徐峥的名气又飙升到一个新高度。

记得他曾在微博上解释说："这部电影，我只是联合监制和主演，我并不是导演，导演是文牧野，一个非常有才华的年轻人。随着影片热度上升，越发感叹老宁的选材是决定此片命运的根本，文牧野及编剧对角色的设定决定了人物所有的弧光。"

当我看到这段话时，非常钦佩他的格局和境界。

其一，他不居功自傲，主动表明自己并不是最大的功臣；

其二，他厚道心宽，主动把观众的焦点转移到剧组和团队上；

其三，他有容人之量，他不仅不嫉妒新导演的才华，还竭尽全力帮他搭台助威。

记得我在一家培训机构学习时，班上有个老师，教学能力很强，可总是没有好人缘，似乎其他老师都不太喜欢他。

后来结业典礼时，才听旁人说起，这个老师非常争强好胜，无论是开会、做课件还是谈经验时，总是做出一副“你们都太弱，我才是高手”的姿态。

虽然大家表面上跟他和气相处，但内心都很排斥他，毕竟谁也不喜欢一个锋芒毕露的人。

其实做人切忌集所有光环于一身，因为这不仅说明你自私、狭隘，还会无故引来麻烦，招人嫌。

古语就有云：“木秀于林，风必摧之；堆出于岸，流必湍之；行高于人，众必非之。”

当你站在舞台中央时，记得也给身边的其他人留一些展现自我的余地，这样不仅可以帮你赢得人心，同时也彰显了你的大气。

留点儿名利与人　不必占尽好处

我刚参加工作时，在一家私人企业做策划。

有一次，领导让我们部门根据一个重要客户的要求，写一份实用可行，又要创新，且可以孵化效益的文案。

我们整整花了一周时间，齐心协力，分工合作，不断讨论，修改，完善，直至最后定稿。

后来老板表扬了我们，还说要奖励，因为客户很满意，很快就预付了合同的全款。

在分配奖金时，按理说我们部门经理应该得最多，可是他居然跟老板说，这个钱他只能要最少份额，因为真正出力的是我们，甚至在写策划人时，还把我们四个人的名字一起落款写了上去，而他的名字排在最后面。

那时我就觉得，他这样的人，才真正拥有大智慧啊！

后来，其他同事告诉我，他自身的实力并不强，他刚进公司时，不过是一个小小的业务员，之所以一步一步走上公司高管的位置，是因为有很多比他有能力的人，都纷纷力挺他，因为大家都不是傻子，都知道跟他合作，一定不会吃亏。

很多时候，我们给别人分一杯羹，看似是给别人留好处，其实也是给自己种福根。

为宽可以容人，为厚可以载物，为己就等于自设天花板。

也许当你替别人着想时，会损失一些小名小利，却得到了别人对你的认可，而得民心者，就能得天下啊！

留条后路与人　不必赶尽杀绝

有记者曾经采访任正非，问他如何看待华为在欧洲市场发展良好的趋势。

他说：“我们在欧洲的份额也不能太高，我们也要给竞争对手留有生存的余地。所以有时别人说我们定价高，我们定价不得不高，我们如果定价低就把别人都整死了。整死别人不是我们的目的，这样其实自己也活不了多久。”

在我老家的县城，曾经有好几个中小型超市。虽然他们的货物和价格并无太大差异，但因为它们分布在不同的地方，方便了各处的居民购物，再加上各自都很守行业规矩，形成了良性竞争，大家都有生意做，有钱赚。

但前年，我们这里突然来了一家大超市，为了挤垮这几家，不惜连续打价格战，很快，其他几个超市都陆续宣布倒闭。

而这家大型超市，此时立马宣布所有货品全部恢复正常价格。

当时许多人怨声载道，因为当初大家舍近求远到这儿来买东西，完全是看在便宜的分上，现在有种被欺骗的感觉，而在这个关键时期，又有人刻意传起了谣言，说他们卖了假猪肉，还吃死了人，于是很快，这家大型超市陷入了舆论的旋涡，虽然后来工商部门出来澄清，也无法挽回民意，他们的生意日渐衰败。

其实无论是做生意，还是做人，都切勿赶尽杀绝。有句话就曾说，做人留一线，日后好相见。

断尽别人的后路，自己也将无路可走；敲碎别人的饭碗，自己也将饭碗不保。

与其在得意之时，给今天的自己树敌结梁，不如在失意之前，提前给明天的你留下一线生机和希望。

许多人，都想当一个聪明人。

但他们误以为，一个人得到的荣耀越多，拥有的名利越多，占据的优势越多，就越能体现自身的价值。

于是你会看到：在职场上，有太多人，根本没把心思放在工作上，而是放在如何抢功行赏上。

在生活中，有太多人，为了一点儿利益，争得你死我活，丝毫不愿意吃一点儿亏。

甚至有的人，遇到了竞争者，就想方设法，一心想置人于死地。

其实真正聪明的人，懂得在为人处世上，多一些大度、宽容、体谅，少一分小气、计较和刁难。

比如在荣耀面前，分点儿光环，发散于人。这样既展示了他人的优点，也能避免自己身上的光芒灼伤到别人。

比如在利益面前，分点儿名利，惠及于人。这样既温暖了人心，也是给自己集结好运和良缘。

甚至在对手面前，也要得饶人处且饶人，这样既是放过别人，也是成全自己。

无论你在什么行业、什么领域，做什么事，最终走得远、立得稳、站得久的人，一定是那些乐于助人、行善积德、心胸宽广的人。

因为一个人的能量、智慧、潜力毕竟有限，凡事都给别人留点儿好处和退路，不仅渡人，也渡己。

只有那些耍小聪明的人，才会排除异己，试图一枝独秀。

而真正的聪明人，都拥有互利共赢的思维，他们懂得百花齐放，才会迎来真正的春天。

知性，是一个人最好的名片

文♥苏眉细细

知乎上看过这样一个故事：一位刚毕业的985院校大学生，去北京打拼，租房子的时候，为了见房东，精心打扮一番。

房东是位老太太，温和地问她哪个大学毕业的，她有点儿得意地说出了自己学校的名字。

老太太“哦”了一声，说道：“很不错的大学啊，好好干，一定会有出息的。”

交谈中，她发现老人虽然衣着素朴，但是气质优雅、谈吐不俗，便随口问：“您以前是做什么工作的？”

“我退休前，在清华大学教物理。”老太太轻轻回答。

发帖的女孩说，那一刻，她为自己的肤浅感到脸红，再看那位神态从容的老人，终于知道了什么叫知性优雅，大道至简。

一般来说，知性和优雅是相伴相随的，而优雅是知性的产物。知性的女人，自带一种素色光芒，令人如沐春风。

那什么叫知性呢？哲学家康德说：知性，是介于感性和理性之间的认知能力。

这样说比较抽象，女作家苏芩说得比较容易理解：知性，是一种气质，它比理性多一点儿柔情味，比感性多几分自控。

当一个女人了解了世间很多人情世故之后，为人处世就多了若干分寸。这分寸间火候的把握，就是知性。

1

一个女人，天生美貌是优势，但美貌是太容易损耗的存在，20岁左右，漂亮，是张VIP（贵宾）通行证，老天爷赏饭吃。

但是，30岁以后，岁月流逝，那些越发引人注目的人生赢家，不一定是那些长得漂亮的人，而是那些活得漂亮的、智慧与品行兼具的知性女子，比如电影演员袁泉。

电视剧《我的前半生》播出后，袁泉一下子成为家喻户晓的演员。

她扮演的职场精英唐晶，入木三分，层次丰富。袁泉的演技和衣着，都被人们奉为经典。

以至于电视剧结束后，就有时尚杂志邀请她拍了一组时装大片，随后，不少品牌女装都推出了唐晶同款羊绒大衣、羊绒衫……

电视剧中的袁泉，并不漂亮，却散发出一种高级的美，被网友称为“高级脸”，广受追捧。

而这种高级脸，其实就是一种知性之美，不炫目，却有内涵；不动声色，却能直抵人心。

这得益于袁泉多年来在话剧舞台上的打磨和历练。她的同学们都出演电影、电视剧，成为一线当红明星，她却始终在二三线游离。

她说，自己喜欢话剧，喜欢那种一气呵成的酣畅淋漓。

因为喜欢，所以读很多名著，研究角色。因为喜欢，所以耐得住寂寞，吃得起苦，也成就了不一样的知性女子。

正如卡耐基所说，这样一种女人最具魅力：她们聪明慧黠，人情练达，超越了一般女孩子的天真稚嫩，也迥异于女强人的咄咄逼人。

她们在不经意间流露出柔和知性的魅力的同时，也对人群保持一份若即若离的距离和冷漠。

不漂亮的袁泉，凭借知性大气的气质，成为很多人心目中的偶像。

2

还有一种女人，明明可以靠颜值起飞，却还在拼气质，而这种知性优雅的气质，征服了无数人，比如董卿。

从连续主持13届春晚，到《中国诗词大会》再到《朗读者》，董卿早已成为知性女人的代表。

在美女如云的央视，董卿算不上特别漂亮，但为什么人们觉得她特别美呢？

董卿之美，美在气质，美在字字珠玑的才气和学富五车的底气。

从小每天坚持抄成语古诗古文，到初中四五天就读完一本名著，再到后来繁忙工作中的手不释卷，董卿，用持之以恒的阅读和学习，慢慢把自己打磨成了一方晶莹温润的玉石，优雅谦逊、成熟淡定。

在2018年春晚主持阵容公布后，董卿的官方微博发了一条消息：“春日迟，卉木萋，言有尽，意无穷，撕掉标签，也不再计数。”

虽然没有再上春晚，但是一段含蓄而有意境的文字，让人们再次领略了知性女人的气度、智慧和勇敢，为知性女人的魅力和风韵所打动。

能享受万众瞩目，也能华丽转身，隐藏锋芒，这需要多大的格局和勇气?

如今，董卿作为制片人、主持人，携新一季的《朗读者》归来，再次受到人们的热捧，也再次诠释了一位知性女人从容应变、游刃有余的人生智慧。

3

如果说，董卿、袁泉，用聚光灯下的自己，展示了一代知性女人的优雅和大气。

那么，还有一类人，她们读过很多书，走过很多路，见识过很多人，经历过很多磨砺，虽然没有聚光灯下的展现，却自有一种润物细无声的内涵。

杨绛，被丈夫钱钟书称为“最才的女，最贤的妻”。

17岁，她考入苏州的东吴大学，大学图书馆里的藏书相当可观，中外文学名著很多，杨绛把这里的外国小说差不多都看了，还读了大量原版政法书和文学书，外语水平日益长进。后又考入清华大学攻读文学，师从朱自清。

后来，凭借深厚的外语和中文功底，她翻译的《堂吉诃德》，引起各界关注。

西班牙政府通过西班牙驻华大使馆邀请她出访，第一任大使邀请，杨绛谢绝了。

第二任大使送来正式的书面邀请，杨绛正式地以书面谢绝了。

第三任大使通过中国社科院领导马洪去请，杨绛感到实在“赖不掉了”，才答应下来。

说起此事，钱钟书不无得意地说：“三个大使才请动她！”

那种淡泊名利、安于平静的风骨，是知性女人的最高境界。

而且，书读多了，那些优美的诗句、深刻的人生哲理以及待人接物的修养，慢慢沉淀到骨子里，气质容颜慢慢改变，人生格局不断提升，就像打通任督二脉的武林高手，内力深厚，表现出来的确是素与简。

杨绛在《一百岁感言》中说：一个人经过不同程度的锻炼，就获得不同程度的修养、不同程度的效益。好比香料，捣得愈碎，磨得愈细，香得愈浓烈。

我们曾如此渴望命运的波澜，到最后才发现：人生最曼妙的风景，竟是内心的淡定与从容。

4

现实中，很多人终其一生，也做不了名人，没有聚光灯围绕，没有著作等身，但是气质与修养不是名人的专利，它是属于每一个人的。

气质与修养也不是和金钱、权势联系在一起的，无论你从事何种职业，处于何种年龄，哪怕你是这个社会中最普通的一员，你也可以有你独特的气质与修养。

有一位朋友阿沐，曾在一家国企工作，当时，办公室里另一个女孩人长得漂亮，性格活泼，讨人喜欢，但是业务能力、工作态度都不如阿沐，可一遇到涨工资、评先树优这样的事情，却样样都是她的。

面对这些不公平，阿沐没有说什么，而是暗暗地读书学习，报名参加了英语班，还考了在职研究生，让自己的知识不断迭代更新，那时候，偶尔一起吃饭，我劝她别太辛苦，她总笑笑说："因为我很清楚自己的硬件不足，只有靠软件来补了。"

三年后，阿沐研究生毕业，英语过了六级，便辞职去了一家外资企业。几年后，她从一名普通职员做到总经理助理。

在一次谈判结束后，对方的代表请她共进午餐。后来，那人成了她的先生，先生说那天她在谈判中不卑不亢的态度和优雅的举止，深深地吸引了他。

现在，他们自己开了公司，有了两个可爱的孩子，幸福美满。

亦舒说过："埋头苦干，不理闲事，是一种骄傲，并非退缩。"

阿沐用自己的实际行动，证明了这个道理。

5

任何一个女子，都可以凭借自己的努力，成为知性优雅的自己。阅读，是做一名知性女子的基础。

而且，阅读是一种长期的积累，一个人，不可能通过读几本书，看几部电影，就能知晓人生道理，学会智慧生活。

只有将读书作为一项生活习惯，天长日久，读过的那些书，一定会沉淀在脸上，融入气质里，助你成为知性优雅的女子。

向光而行。

我们生活在喧嚣的时代，名和利的诱惑与困扰时刻都在。

这需要我们有足够的定力，守住初心，默默前行，最终抵达自己的彼岸。

控制情绪。

人在俗世，难免各种纷扰，遭遇各种不公平甚至诋毁，学会控制情绪，才能冷静面对，不冲动，不绝望，沿着正确的道路走下去。

会讲究，能将就。

锦衣玉食，不必炫耀；粗茶淡饭，不必自卑。认真过好自己的生活，一家人饱暖洁净，和睦融洽，是最大的幸福。

知性的路很长，你努力的每一步都算数。

最怕你胸怀大志，却虚度光阴

文♥龙昌宝

1

朋友小俊在一家建筑公司上班，当一名出色的建筑师，是他一直以来的梦想。

他经常会在朋友圈转发一些经典建筑，表达对设计师的敬仰，有什么行业内的动态也会第一时间分享，而且每次会配上几句努力实现梦想的话，来自我激励。

大家都觉得小俊很有志气，每次也都会点赞祝福，希望他早日实现梦想。

终于在去年，小俊晒了报名建造师的网页截图，更是收获一大拨的点赞。

我留言道：你离自己的梦想更近了。

那段时间，为了让小俊专心复习，朋友们聚会就不再约小俊。可没过几天，小俊就在群里怪我们，说为什么有好玩儿的都不叫他了。

大家解释说希望他好好复习，可他却说，自己安排好了复习节奏，还不着急。于是他又加入了我们的游戏、K歌和撸串的活动中。

距离考试还有一个多月的时候，有一次到小俊家吃饭，我随手翻开散落在沙发角落的复习资料，却发现还有90%的内容都是崭新的，心里顿生疑惑。

我对小俊说："这快考试了，你还有这么多没看啊？"

小俊看了一眼我手上的书，一边叹气一边说："最近学习没什么状态，过几天我再开始闭关修炼，找到状态了复习起来很快的，肯定没问题。"

可是，小俊的状态到考试也没找到，连一遍教材都没看完。

对考试毫无底气的小俊，最终直接放弃了考试。

每个人都有自己的理想，希望自己有所成就。谁都知道，实现理想，绝对少不了吃苦和付出。可面对该吃的苦，大部分人却又习惯选择回避和放弃。

曾在网上看过一句话：人生最可悲的事情，莫过于胸怀大志，却又虚度光阴。

心中志向远大，行动却迟缓无力，所以，一边嫌弃自己不够好，一边却无法让自己变得更好。

岁月，就在一次次理想与现实的冲突中蹉跎流逝了。

2

前段时间，高中同学阿青出版了自己的第一本法学著作。

高中时，我和阿青非常要好，因为我们有着相似的志向：坚持阅读和写作，日后学业有成，著书立说，用笔下的文字和思想影响更多的人。

阿青一直坚守着这份初心和理想，并为此不懈努力。

大学时，阿青拼命提升自己的专业知识。除了专业课程，他还进行了大量的拓展学习，每天不是泡在图书馆，就是跟在老师身后请教问题，是系里出了名的学霸。

从大三开始，阿青就在学报、杂志上发表文章，有对法学历史的普及，也有对热点新闻的专业探讨。

阿青的博士课题是基层司法制度研究，为了获得更丰富的案例素材，他常年在西南省份的乡村一线调研。每一个案子，他都会详细记录案件处理的全部过程，分析法条的适用，研究基层普法用法的现实困难。

凭借大量一线素材和深入的思考，阿青的论文获得了国家级优秀成果。此后，他又花了近一年的时间补充素材，终于将成果编辑成书，正式出版。

阿青在朋友圈写道：终于出版了第一本书，虽然我知道前路还很长，但起码今天我无愧于心，因为，我没有辜负这些年的岁月！愿未来的自己能更加努力。

看到这句话，我真是羞愧难当，工作后，我一直得过且过，没有继续学习提高，而著书立说这个理想，更是提都不敢提了。

阿青说他没有辜负岁月，而我，却真的是虚度了光阴。

时间是最公平的裁判，如果你认真生活，时间一定给你奖赏，如果你浑浑噩噩地度日，总有一天你会发现，自己的理想早已化为泡影，消散不见，而你除了后悔，什么都做不了。

3

哈佛大学曾经发布过一个研究视频，总结了阻碍个人成功的九大原因，排前两名的是犹豫不决和拖延。其实，这就是虚度光阴最直接的表现。

虚度的是光阴，浪费的却是生命。

如果缺乏对目标的极度渴望和坚持，下不了决心去挑战自己，只能眼睁睁看着宝贵的时间从手中流逝，最终一事无成。

我们会疑惑，为什么别人取得了成功，而自己碌碌无为；我们甚至会抱怨，觉得这一切都是因为命运太不公平。

我们都习惯去外部找原因，却很少愿意承认，真正的原因，其实来自我们自己。

你只看到别人几个月就减肥成功，却不知道你还在贪睡的时候，他已经顶着寒风开始奔跑；

你只看到同事加薪升职，却不知道你嚼着薯片刷剧时，他还在熬夜加班充电；

你不敢冒险，选择了安逸的工作，却又羡慕他人摸爬滚打拼来的成就，你整日宣示着远大的理想，却不曾为之努力过哪怕一次。

语言的巨人，行动的矮子，又有什么资格抱怨和不满呢？

成功者和失败者的区别就是，当他们找到梦想的方向，有的人立刻开始低头前行，而有的人，却一直站在原地幻想。

这世上没有平白无故的成功，也没有凭空而起的楼阁，只有万千溪流，才能成就奔腾不息的江河。

愿你我，都能不负理想，不负光阴。

CHAPTER 03

生而平凡，更需要主动成长

生活不会对懈怠的人青睐有加，却肯对认真的人格外眷顾。

仪式感，让普通的日子变得有趣

文♥杨熹文

生活失去乐趣时便去读蔡澜的书，书里烟酒糖茶样样不缺，才读起就闻到一股快意潇洒的气息，心情明快起来不说，读久了也品出一些隆重的味道。人们都知道蔡澜口中的潇洒哲学——“一个人来到这个世界，要爱最可爱的，最好听的，最好看的，最好吃的，有趣地活着。”然而他说得更多的，却是怎么爱，怎么听，怎么吃，让人读完后感慨，有些人真的很会活。

仪式感对一个人有多么重要，我便是从那里学到的，一餐饭一顿酒一本书的意义远远大于它们本身，这些事皆在生活里扮演重要的角色，你是否给予它们体面的形式，会很大程度上决定你赋予了生活怎样的意义。

年轻时看家境优裕的朋友晒米其林餐厅照，自己赌气捧着锅吃泡面，望一眼邻屋女生的晚餐，一袋泡面煮在锅里，配上三四种颜色的蔬菜，还要另拿锅煮一只蛋，精心切开才摆到面条的中心，我呼噜呼噜五分钟撑到饱胀，看她在一只漂亮的碗面前细嚼慢咽半个钟头，那个时候觉得贫穷限制了我的生活方式，并不懂她说的，“认真吃顿饭，感觉一个晚上都美好了”。

刚出国时生活贫苦，租一间阴冷的地下室，屋子里一切家具都缺失活力，生活必需皆是随意买来的劣质品，这日子简直让人失去做人的勇气，我怪罪世间贫富差距，转眼却看到一位女友朋友圈的晚餐照：一张异域风格的桌子上，牛排，红酒，整齐的刀叉被她举起，落入镜头一张快活的脸。

女友堪称精致女人的典范，却绝不是因为出身富裕。她毕业后即到北京闯荡，在离公司很远的老旧小区租下一居室，唯有房租合了心意，剩下的一切都超出普通女生的承受范围：踩一脚就嘎吱嘎吱响不停的地板，灰尘散落的卧室，油腻而逼仄的厨房……彼时她的男友在国外读书，还有半年就回来团聚，他劝她反正是只住半年的地方，挨一挨就一起去更好的地方。

女友就在那个十几平方米的老房子里开始了一个人的生活。我们以为她会孤独寂寞，却常常看到来自她朋友圈的仪式感，她仔细清理了房间的每个角落，她买了一个精美的二手餐桌，她精心烹饪了晚餐给自己，她在阳台上亲手栽种了植物，她在周末早晨买一束花放在床头边……这一切不为炫耀，只为取悦自己。

有人劝她：“马上就要搬走的地方，不必这样折腾啦！”

她坚持着说：“活着，就要有点儿仪式感，绝不能敷衍自己。”

快到三十岁的时候，我渐渐懂得仪式感的重要。重温了一遍《蒂凡尼的早餐》，忽然觉得那里面赫本身着小黑裙，优雅地吃着可颂的样子实在迷人。我已懂得仪式感与贫富毫无关系，它只和一个人的态度有关。这是使某个日子区别其他日子，使某一时刻不同于其他时刻的仪式，也是一个女生认真对待生活的开始。

曾有一位女友的生活状态令我着迷——早上一定要喝一杯现磨咖啡，给足自己一个清醒的过程；吃饭时一定要专心致志，远离手机和电视。每周末一次闺蜜下午茶，自己烘焙甜点，装在讲究的碟碗里，在桌上摆好鲜花，播放上精心准备的钢琴曲。有人提议，“出去吃多么省时间！”她却连连摇头：“就是看起来麻烦的仪式感，才会让人更加珍惜生活。”

我的另一位朋友非常具有浪漫气息，很注重生活的细节，她说小时候见过父母庆祝每一个节日的场面，于是把那份仪式感也种在心中。父亲曾说过：“生活中每一点小的进步都值得庆祝。”多年来，就算家中并不富裕，父母也一定要为每一点更好的改变庆祝，朋友说：“总觉得家里的生活越来越好，都要感谢父母的仪式感。”十几年来，朋友从县城到外地读书，再成为北漂一族，每通过一次考试，每换一次工作，每搬到一个更好的住处，都会认认真真地庆祝自己为此付出的努力。

身边有不少女孩子，过着一种粗糙的生活——早上快迟到才起床，胡乱买一个面包当早餐，办公桌杂乱无章也没空理会，中午刷着手机屏幕吃完一餐，晚上靠肥皂剧入眠。这样的混乱，源于内心的不善待自己。真正的精致是学会让自己在生活中建立美好的细节，然后顺着这些值得感激的标记，朝着更远的地方前进。

仪式感能让人的生活得到多大的改变？我告别了站立早餐，学着把哪怕只是一顿麦片吃得精致，因为享用的方式不同，食物自身也得到了升华；我学着在出门时化好妆穿上体面的衣服，外在的得体也带来了内心的自信；我庆祝每一个值得纪念的日子，感谢自己也感谢别人；我在简陋的写字桌上摆上盆栽，把简单的食物放进好看的碗碟中，在睡不着的夜里播放钢琴曲，为自己倒上一杯红酒，静静读完一本书……

当每一天充满仪式感，生存才变成了生活，生活的意义在于自身的赋予。如果我们将每一天简单地重复，吃饭即是吃饭，外出不修边幅，省略了节日，那么这一天在整个人生中，就不会成为特别的存在。

在网上看到一句话，大概是我看过的对仪式感最好的描述——

“我可以不知道一件事怎样开始怎样结束，但我可以通过一个又一个仪式告诉自己，我对于那件事的参与，何时开始，何时结束。只有这样，今后缅怀这段往事时，我才能清晰地从一个端点抚摸到另一个端点，而不是混乱和无限。”

从今天开始，做个让生活充满仪式感的女生，让每一天有它的意义，珍惜当下，不要浪费点滴。

好好生活，只为取悦自己

文♥江江江

1

小玲是我童年时期的最好玩伴，她开朗乐观，思想天马行空。

我们买同样的玩具，穿同样的衣服，扎同样的辫子。奶奶时常打趣道，我们俩简直就是一对孪生小姐妹。可是只有我知道，我俩一样，我俩也有很多地方不一样。

我的书桌上横七竖八地堆放着各种学习用具，每次写字前，都是用两个手肘向前，推开堆积的书本，“哐当”放下课本，用嘴咬开笔盖，开始学习。

小玲从不会这样。她的书桌永远被整整齐齐归列好。写字前会轻手轻脚拿出铅笔盒，拿出铅笔橡皮摆放整齐，再有条不紊地拿出课本，低头学习。

不管做什么，小玲总是会保持着一份干练。从来不会噼里啪啦，拖泥带水。

有一种例行公事般的使命感。

和我们在田间地头玩耍，脏兮兮的那个人永远不会是她。但，吃饭时，会一丝不苟整齐摆放碗筷的那个人一定是她。

这样的小玲在一群孩子中间，仿佛成了一个怪人。大家不懂，小小年纪为什么不能随意玩耍，反而要故作姿态地学大人扮优雅。

孩子们嗤之以鼻：这么装模作样，看她以后到底能厉害到哪去。小时候，我并不明白那一份干净整洁其实就是我们后来说的仪式感。

2

后来的我们渐渐长大，大家都有了各自新的圈子，关系便渐渐疏远。再次联系上时，是因为小玲发的一条朋友圈。

图片里是我理想中的卧室模样，房间不大，但所有的装饰品都深得我心。格子状的桌布，欧式的花瓶，暖黄的落地灯和毛茸茸的被子……

我带着迟疑私信她：“你家重新装修啦？”

小玲回答：“不是啊，不是才毕业吗？找的出租房花了一个月工资改造的哦。”说完，她便发了一张房间改造前的照片给我。

脱落的墙皮，发霉的墙角，暗黄的灯光，老旧的家具。光看照片，都能臆想出房间内刺鼻的霉味。

我打趣道：“你可比小时候还厉害呀，温饱都成问题了，还不忘这满满的仪式感。”

小玲笑嘻嘻地不予否认。她说：“仪式感是一种积极的心理暗示，它告诉我们，生活本该如此。”

孤身一人被搁置在社会上，开始焦头烂额地找房子，找工作。每天熬夜加班，写稿改方案。晚上睡觉时，萦绕在鼻尖的除了没吃完的外卖味，就是一股刺鼻的霉味。

生活本该如此吗？不，生活不该这样。

于是她开始期待第一月的月薪，她不再抱怨加班，她开始期待未来。她说，出租房改造完后，觉得自己充满力量，工作越来越顺手，生活也越来越顺心。

她开始像个期待糖果的小女孩一样，给自己一点一滴的小仪式感。寻常日子里的一束花，周末早上的一份早餐，床头摆着喜欢的一本书……

她说，渐渐地，她觉得毕业后的日子没有那么难了，这一点一滴的仪式感给自己带来满足与幸福。

真正的英雄主义是认清生活的真相后继续热爱生活，是认清了生活的杯盘狼藉后，开始一点一点清理，让一切细碎、烦琐、平庸的东西有了它存在的意义。

3

突然觉得自己的生活过得杂乱且随意。我也开始慢慢给自己平淡的生活注入了仪式感。

选择在风和日丽的周末爬山，每周至少去三次健身房，偶尔去看一看喜欢的电影。化精致的妆出门和朋友碰个面。

过去的我会觉得，做这些是一点儿心机作祟，想要给别人看。但事实证明，没有几个人会目不转睛地关注着你。

但是，那又怎么样？至少，你取悦了你自己，你增加了自己的幸福感。

《小王子》里，小王子问狐狸，什么是仪式？狐狸说：它就是使某一天与其他日子不同，使某一时刻与其他时刻不同。猎人每个星期四会和村子里的姑娘跳舞，那是一个美好的日子。狐狸就可以一直散步到葡萄园去。如果猎人天天都跳舞，每天都一样的话，那狐狸就没有什么假日了。

所以平淡的每一天被我们注入了些许的不同，就是仪式感。

三餐不规律的你开始好好吃饭，就是一份弥足珍贵的仪式感。

你总觉得生活平淡无奇甚至无趣，那你就得学会弄出一点声响，取悦自己，犒劳自己。

4

总会有人把日子过成你不敢想象的样子，你就会觉得她是在装腔作势。其实不然，仪式感从来就不是装腔作势，它是一种态度，是因为对生活足够热爱才会如此。

我们总是会被生活所谓的烦琐打破一丝兴致。我们找各种借口推托，甘于苦涩，事后又开始埋怨生活平平无奇。

之所以会这样，只是因为我们还不够热爱生活。我们需要仪式感，这是一支兴奋剂。

生活可以平淡，但灵魂一定要有趣。你还年轻啊，你可以选择在任何一个平常的日子里建立一份仪式感。和往日只是一丁点儿的不同也不影响，但是能提升你自己就好。

我们常常把自己蜗居在世界的一方，按部就班地过着循环生活。辗转反侧的夜晚开始质问自己，为什么年纪轻轻的，把生活过成了一潭死水？越想越悲观，往后的生活过得更难。

把自己困顿在负能量的死循环里，自暴自弃。

如果我们要学会取悦自己，学会通过仪式感让生活变得有趣，获得微小而确定的幸福 ，把这些仪式感过成你的常态，每一天都是新的一天。

你的仪式感不是为了谁，只是为了取悦你自己。

“富有”的人生，从断舍离开始

文♥小陈陈

1

最近在读日本杂物管理咨询师山下英子的畅销书《断舍离》。

这本书里面的主要观念是通过“断”（杜绝购买不需要的东西）、“舍”（处理无用的物品）、“离”（舍弃对物质的迷恋）整理杂物，给生活空间做减法。

看过这本书后，我对被杂物渐渐堆满的家，进行了一次彻底整理。之后发现生活的空间不但变得更大、更整洁，还为我省下了不少找东西的时间，完全改变了我的生活。

后来和一位同事聊到这本书时，她说：“的确如此，有时候需要我们断舍离的不仅是物品，还有我们的人际关系。”

就像汪涵所说：“我朋友圈最多的时候，有100多人。那时候我已经觉得很可怕了，我决定要把一些没有意义的全部清掉。清理了朋友圈后，我感觉这样的生活非常非常轻松，所有的时间都是你的，整个人生都发生了变化。我发现，朋友之间的感情根本不会因为没有微信，或者长期不联络，就变得不好。”

多少人的朋友圈里，有着成百上千的好友，觉得自己人脉广、人缘好，其实可以推心置腹的人屈指可数。

但是你浪费在经营所谓“人脉”上的时间和精力却是异常宝贵的。

一生太短暂，不必把太多无关的人请进生命中，浪费自己的时间。

只有去掉你不想要的，才能专心成就自己。

2

你是否每到“双11”“双12”之类的打折活动或超市促销的时候，不管不顾，只要是便宜的商品就会往家囤？

根据索菲·金塞拉的“购物狂系列”小说改编的电影《一个购物狂的自白》，是一部轻松的喜剧片，笑过之后，其背后的生活问题值得人们思索。

女主角丽贝卡奉行“只要喜欢，不买可惜”的信条，常常会一时冲动买一些根本用不上的东西。

结果就是衣服鞋帽堆积如山，不仅家里一片狼藉，无节制的消费还让她负债累累。因此她失去了男友，还差点儿与闺蜜决裂，终日活在焦虑和惶恐之中，生活一团乱麻。

丽贝卡的生活可以说是不少人的缩影。

我们是否都曾因为冲动消费买下一堆“废品”？以为物质越丰富，越能给自己带来满足感和安全感？

后来女主角在亲友的帮助下，终于摆脱“购物狂”的标签，明白了唯有简单和条理清晰才是美好生活的开始。

有人曾问扎克伯格，为什么总是穿着灰T恤和牛仔裤，扎克伯格自己回应：衣服都一样，是为了不会浪费时间在考虑穿搭上，毕竟自己有更多更重要的事情要处理。

人生若只做加法，而学不会做减法，那么就永远摆脱不了负重前行的压力。

古希腊哲学家艾皮科蒂塔曾说：“一个人生活中的快乐，应该来自尽可能减少对于外来事物的依赖。”

若想未来的路走得更远、更坚定，只有抛开一切繁杂念想，放弃一些贪念，才能身轻如燕，向着自己的目标走去。

3

我们的人生总是在做加法，小时候想着快点儿长大，读名校、找好的工作、提高生活质量、寻找完美的爱人、周游世界……

所有的加法都源自我们的欲望，欲望越强，压力就越大，杂念就越多。

前段时间，一个关系要好的学妹告诉我一个好消息：她终于被自己心仪的一所美国院校录取，马上就要出国了。

我听了一点儿也不觉得意外，因为自始至终她都知道自己想要什么，并且一直努力追求梦想。

每当舍友们刷抖音、刷微博、出去约会的时候，她都在图书馆里看书，在自习室里复习，在老师办公室研讨课题……

一个年轻的女孩子难道不爱美、不爱社交？都不是，只是她心里清楚，学习才是现阶段最重要的事。

只有内心坚定，遇到外物的诱惑时，才能应付自如而不为它们所累。

著名作家梭罗，只带上了简单的生活必需品，便一人跑到了瓦尔登湖畔，在小木屋里独居了2年2个月。

在这里，他将杂乱的生活抛诸脑后，正是因为人变得简单了，才能更深入地体验生活，享受浪漫和自由，写出了伟大的著作《瓦尔登湖》。

梭罗说："当你简化你的生活，宇宙的法律将更加简便；孤独不会孤独，贫穷不会贫穷，也不虚弱无力。"

试着给心灵做减法，拂去那些扰乱人心的尘埃，修炼自己的本心。

4

我老家的特产是鸭梨，皮薄个大，酸甜可口，所以很多邻里都种梨树。

有一年我回老家，正好赶上亲戚在给果树修剪，看见他们把繁茂的枝叶砍掉，年少的我有些心疼，便问大人："这么好的树，砍掉了这么多枝干，这得少结多少果子啊？”

叔伯们笑着说：“傻孩子，我们修剪就是为了多结果，不减少些枝干，果树的营养就都被它们吸收了，怎么能结出好的果子呢？”

原来修剪是为了减少多余的枝叶，让营养更集中，收获更多。

长大后我发现，万事万物的道理都是相通的。

我们的时间和精力都是有限的，如果你既想学插花，又想学跳舞，还想学英语，但总是三分钟热度，让自己看似很忙、很上进，反而会让自己更加疲惫，结果往往一个也没学成。

我们不能太贪心，丢掉一些浮躁，留下的就越踏实；丢掉一些复杂，剩下的就越纯粹。

当初，欧阳娜娜为了拍戏，从柯蒂斯音乐学院退学。据媒体爆料，她一年的片酬高达千万。

就在大家为这个音乐才女放弃学业感到惋惜时，她决定暂别娱乐圈，重新专注学习。

幸运的是，欧阳娜娜感到了自身的不足，重回音乐之路，专注自己擅长的领域。

就像心理学上说的“二八定律”，有智慧的人，往往会把80%的精力放在20%的重要事情上。

我们要时刻提醒自己，给身心做减法，只有专注，才有可能到达胜利的彼岸。

愿我们都能学会“断舍离”，轻装上阵，步履不停。

好好打扮，天天向上

文♥婉　兮

1

有一年住院，隔壁床是个四十多岁的阿姨，姓张。

她让我喊她张姐，笑嘻嘻地解释："这样我会觉得自己很年轻。"

第二天吃过早餐，在等待医生查房时，张姐从抽屉里摸出一个粉饼、一支口红，坐在苍白的背景里对镜贴花黄。

那时，我们都是被尿毒症折磨着的病人，仿佛赤脚走在悬崖边，生死往往悬于一线。

所以，谁还有心思打扮呢？

病房里的我，穿着宽松臃肿的睡衣，趿拉着拖鞋四处走，有时甚至以这副尊容上街去，仿佛要把自己的一切都随意放逐。

可张姐，完全刷新了我对病人的认识。

她把头发梳得一丝不苟，认真呵护自己的皮肤，还选了一件桃红色的连衣裙穿上。

说来也怪，那些脂粉好像真的遮住了悲伤，抹掉了憔悴，让她整个人都重新鲜亮起来。

我目瞪口呆地看着她，她笑了笑，随即抿了抿口红，“虽然咱们生病了，可还是要自己找点儿有意思的事情做，最简单的就是化个妆。把自己捯饬得美美的，心情也会好一些。”

那句话忽然打动了我，我下意识地走进卫生间照了照镜子，不由被那个头发蓬乱、脸色憔悴的自己惊出一身冷汗。

外表其实是心理的直接映射，你随意、你邋遢、你不修边幅，因为你已经对生活认输。

我轻舒一口气，然后伏在水池边，给自己认真洗了脸。

清水打在脸上的一瞬间，忽然想到王安忆长篇小说《长恨歌》里的情节，这一刻的我，不正像坐在理发厅里的王琦瑶吗？

2

上海弄堂里的小家碧玉王琦瑶，参加上海小姐选美后，被一位李主任“金屋藏娇”。

后来，李主任坠机而亡，王琦瑶失去生活来源，只得学了一门打针的手艺，赚些小钱勉强度日。旧日的繁华一去，她就有了一颗遗民的心，日子也过得浑浑噩噩。

直到有一天，同住一条巷子的太太约她去烫头发。

谁料做完那次头发，王琦瑶便又有了些做人的兴趣，从箱底翻出旧日的好衣服，也开始化妆，日子重新活色生香起来。

抛开后面的故事发展不说，那一刻的她，的确从穿衣打扮中重获乐趣，渐渐燃起了好好生活的决心。

难怪那些要好的闺蜜，总喜欢把低谷里的女友拉出门，陪着逛商场做头发，费尽心思地把繁华世界推到伤心人的面前。

有的时候，劝解和安慰都起不了作用，唯有真实的触摸能让人感觉到世界犹在。当对人生的热望被重新唤醒，人就从颓废中挣扎出了一大半。

我太懂得这个道理了。

那些年缠绵病榻，对物质要求降到最低。直到手术成功，才开始对漂亮衣服重拾兴趣。

衣裳鞋袜、包包配饰，其实就是生活的一部分，当我对比款式、颜色、价格时，才真真切切地觉得自己又回到了热热闹闹的人间。

就是这么神奇，一个人的打扮欲，有时真的代表着旺盛的生命力和战斗力。

3

作者闻敬讲过一个故事，主角是一个癌症男人的妻子。

不同于那些可歌可泣故事的是，这个女人始终都把自己打扮得光鲜亮丽，脸上也常带着花儿一般的微笑。

她穿裙子、穿旗袍，柔软的布料包裹着纤细的腰肢。再加上高跟鞋的点缀，便整个人都婀娜起来。

旁人嗤之以鼻，私下里议论纷纷：丈夫得病还打扮成这样，恐怕是连后路都想好了。

因为她真的太不像一个病人家属了。

设想一下，假如男人患了癌，他的女人必定得以泪洗面、眉头紧锁，让人一看就生出敬畏和心疼。

后来闻敬才知道，这个女人原也凄凄惨惨，常和丈夫相对垂泪，日子过得凄风苦雨。

直到另一位病人家属劝她，现在你是顶梁柱，你得从身体和精神上都撑起这个家。

一语惊醒梦中人。

她开始轻施粉黛，换上漂亮衣裙，把家里家外收拾得干干净净，然后推着丈夫出门看花看鱼，慢慢把风雨飘摇的家撑了起来。

我听得热泪盈眶。

你看，好好打扮并不单单是取悦自己，大部分时候，它还传递着积极乐观的信号，让人看到爱和美好，对人间心生眷恋，也对自己满怀期望。

4

有个历史小故事，关于清廷劝降洪承畴。

据说洪承畴被俘后，范文程前去劝说，遭洪承畴大骂。

但是范文程却在谈话中看到洪承畴拂去衣服上的灰尘，便对皇太极说：“洪承畴不会死，他连自己的衣服都如此爱惜，又怎么会不爱惜自己的生命？”

皇太极闻言，便给了洪承畴很高的礼遇，还脱下自己的外套给洪承畴，终于感动了他，于是归顺了大清。

我们先抛开是非正义不谈，但从这个故事反推，得出这样一个道理：一个人的衣装打扮，其实就是内在心理的外化变现。

生活很庞大，但落到细微处，也不过是一粥一饭，一针一线。

朋友儿时家贫，穿的都是表姐堂姐的旧衣服，所以难免遇到开线、破洞之类的情况。

每当这时，她的母亲便穿针引线，认真打上补丁，又根据补丁形状来刺绣。用一朵小花、一只小狗或是一只蝴蝶，巧妙地维护着她的自尊心。

她们姐妹二人，虽少有新衣，却始终穿得干净得体，并未落下任何童年阴影。

我想，真正的精致，大概就是这般模样。

它无须绞尽脑汁，更不必重金打造，只是在寻常日子里多用了一份心，仅此而已。

好好打扮，天天向上。

这其实也是我们的终身必修课。

关于明天的事，后天才能知道

文♥老杨的猫头鹰

1

有个女生在微博里向我诉苦，大意是说，她的成绩很糟糕，她觉得自己很没用，未来一片黑暗，觉得对不起父母，余生都不会好了。

更糟糕的是，她的脸上长满了青春痘，以至于自卑到了不敢见人、不敢说话、不敢发朋友圈的地步。

她说：“我是打心底里羡慕那些天生皮肤就像剥了壳的鸡蛋的人。”

她讨厌现在的自己，可又拿自己没有办法。

在走路的时候因为没注意到某个同学，她就会烦恼好半天，因为担心对方觉得她清高、没礼貌。

别人找她帮忙，她帮不了就会用力地解释好半天，因为担心对方觉得她是在找借口。

老师公布了班级评优的标准，她的第一反应是自己肯定不如其他同学，所以紧接着的念头就是“放弃”。

我问她：“成绩不好，你有比之前更努力学习吗？”

她答：“努力了一阵子，但看不到效果，后来就完全提不起劲头了。可能是自己的方法不对，又或者是心态不对。”

我又问：“脸上长痘痘，有听医生的建议去安排作息和饮食吗？”

她答：“抹了很多种药，但都没什么效果。想早起早睡，可晚上睡不着，早上也起不来。”

我追问：“那你做过什么坚持了很久的事情吗？”

她说：“除了给手机充电，大概就只有焦虑了吧，我都坚持三个月了。”

随后，她小心翼翼地问我：“老杨，你能帮帮我吗？就当是救救我，我觉得我这辈子算是完蛋了。”

“我救不了你，但你能。”我回复道，“建议倒是可以给你提一个，那就是去做点儿什么，用有意义的行动去替代无休无止的焦虑。比如，把没看完的那本书耐心看完，把没能力解完的题目找个高手帮着弄清楚，把看不懂的英文短文里的陌生词汇都查一遍……你逼着自己去做那些让你觉得困难或者麻烦但知道它们很重要的事情，当你拥有了‘迎难而上’的习惯，你就会慢慢发现，之前认定的难题其实并没有想象的那么难。”

事情坚持去做了，改变才能逐渐发生，而不是一动不动，然后焦虑地说“我努力了也没什么用”。

去勇敢朝前走了，路才会越发清楚，而不是站在原地，然后慌张地说“我好迷茫”。

其实我想说的是，大多数迷茫、焦虑的问题不是源自你不知道要做什么，而是知道，却一直没有去做。

你焦虑不安的不是别人比你优秀，而是此时此刻的你什么都没有做。

因为你担心付出了没有回报，担心努力了也改变不了什么，所以你只好在一成不变的学习成绩和糟糕透顶的人际关系面前长吁短叹，怨天尤人。

碰到一点儿难题，你就摆出一副不堪重负的样子——“我已经用尽洪荒之力了，好累啊！”“压力山大，求安慰。”

碰到一点儿不确定就把明天描绘得暗淡无光——“老天不会是忘了给我安排吧？”“明天到底会怎样？”

碰到一点儿生活上的不开心就把这段时光当作这辈子最黑暗的日子——“我好可怜啊！”“神啊，快来救救我吧！”

关于人生，大家都是新人，都要靠自己一点点摸索和一次次碰壁才能找到答案。但就年轻的你而言，停下来长吁短叹远不如昂着头大步向前。

怕就怕，你的人生才刚刚开始，就对青春缴了械，投了降。

那结果自然是，曾经那个什么都想要、什么都敢要的热血姑娘，就一点点被你自己否定，变得清汤寡水。

最后，你的梦想之花开始枯萎，你的青春也随之下架。

所以，请趁着还年轻，把注意力放在最重要的事情上，比如提高成绩、锻炼身体、照顾好自己的灵魂，而不是到处张贴自己的悲伤、失望。

毕竟，真正能理解你，真正愿意替你化解问题的人没有几个，他们多数只是站在自己的立场，说几句冠冕堂皇或言不由衷的话。

你要做的就是把成长的困惑、感情的凄苦以及情绪的波动都藏起来，然后一步步地让自己厉害起来！

变厉害就意味着，曾经因为一点儿风吹草动就多愁善感或者怨天尤人，到如今，即便是翻山越岭，单枪匹马你也应付得来。

这样的你，别说拧瓶盖了，消防栓都不在话下！

2

想起前段时间看了一期演讲，主题是“我快乐人生的哲学”，主讲人叫山姆。

山姆患有罕见的“早年衰老症”，据说全球只有350例。这种疾病带来的直接后果是，十七岁的山姆体重仅有23千克，他骨瘦如柴，手无缚鸡之力，面容枯槁，形同半百老人。

然而，他并没有为此而抱怨过谁，也没有因此而放弃生活，而是想方设法地让自己的生命更有意义。

他学习音乐，争取变成校乐队的军鼓手，哪怕一开始军鼓的重量远远超出了他身体的承受能力。

他爱好科学，试图去弄清楚这个绝症，哪怕他每天都在忍受着这种病痛的折磨。

在电视镜头前，山姆极其从容且乐观，他平静地说："人们总问我'得这种病有什么难处'，其实我大部分时间并不会考虑这个问题。我会幻想着未来的事情，想着下一场朋友聚会，想着跟乐队合演……我会想一些让自己开心的事情，做一些让生命有意义的事情。患绝症的好处其实非常明显，那就是我不必再担心得绝症了。"

台下瞬间掌声雷动。

是的，仅凭抱怨、苦恼、烦躁、沮丧是吓唬不到困难的，对改变生活、扭转局势、突破现状也不会有任何帮助。与其在糟糕的事情上可怜自己，不如摆正心态，在有趣的、有意义的事情上丰盈自己。

所以，不要总是提醒自己坏情绪的存在，不要总是刻意去关注周遭人的优越条件，不要把时间浪费在抱怨上，也不要像个落难者，告诉所有人你的落魄和寂寞。

总有一天你会明白，难忘的人都得靠自己放下，难过的事情都要靠自己消化。

作家张德芬写过这样一段话："如果一个人充满快乐、正面的思想，那么好的人、事、物都会和他共鸣，并且被他吸引过来；同样，如果一个人总是带着悲观的、愤世嫉俗的思想频率，那么，难怪这个人常会有倒霉的事发生在他身上。"

换言之，你现在如何抉择，未来便如何发生。

谁都无法决定明天是晴是雨，无法知道那些深爱的人是否能永远留在身边，以及现在的种种努力能否换来一个满意的结果……但是，你可以决定要不要准备好雨具，要不要勇敢地爱下去，以及是不是真的付出努力。

人的一生中，所有美好的获得，绝不是仅凭运气，往往是因为有了前期的苦心准备，才有了后来的幸运所得。

在一切变好之前，在美好发生之前，你注定要经历一些不开心、不满意、不美好、不愉快的时光。这段时光也许很难熬，也许只是转瞬之间。

所以，不要急着得出消极的结论，也别轻易地否定不完美的自己。关于明天的事，后天才知道。

把眼光放长远一点儿，把耐心准备得再充足一点儿，就算此时的你是不被重视的女二号、女三号、女四号、女五号……但你也应该热情满满、积极乐观。

这样的你，就会坦然地接受当下，并将未来发生的一切当作礼物。

把骄傲活成心底向阳的风景

文♥袁曲无闻

1

接到一哥的来电时，距离我们毕业已经三年了。同学聚会鲜有她的消息，这是她第一次给我打电话要约我见面。

因为来电仓促，我提议希望等周末好好聚一聚，但是她坚持要在附近找间餐厅等着我。听语气我意识到，她是有什么重要的事情要说。

果然，一落座，一哥就说："我决定辞职去上海的一家公司，后天一早就动身。"

意料之外，情理之中。毕业后的她顺利入职一家省内的传媒公司，待遇优厚，但如果她甘于在一个对她来说没有压力的地方安心度日，那就不是一哥了。四年大学同窗，她一直事事争先，不论是学业、工作还是感情，她从不将就，绝不勉强。每每有人夸赞她时，她就说："这不算什么，还可以做得更好。"

事物都有两面性，有人爱她的自信骄傲，说她自以为是的负面评价也从未断过，只是很少有人听她说起过她的不易。

家境优越又被父母无限宠溺着的她本有着无忧的生活，不承想，父亲在几年前一个大项目中被生意伙伴骗得血本无归，一时气急得了重病，竟从此卧床不起。人生最怕从峰顶摔到谷底，就像你已经见过了山顶的风景，怎还能够忍受谷底的黑暗？

一哥正是经历了从峰顶摔到谷底的阵痛。债主常常跑到家里大闹，她尚是懵懂不知社会的学生，就被迫直面残酷的世界。她的后半生，注定要比同龄人过得艰辛。

生活的重创正严酷地磨砺其心智，劳累其筋骨。在这种境遇下，人极易变得低微和懦弱，祈求责难给予宽容。

但一哥却守着这份心气儿，她为自己设立底线，告诫自己就算再难，也不能得过且过，降低自己的标准。

“上海工作节奏快，精英又多，我知道我未必能适应，但是那家企业在传媒行业属于顶尖，我只是想看看更大的世界。”一哥如是说，“这多少有些心比天高，但我总得敢于面对更真实的世界，对自己有更高标准的期待，才能不成为井底之蛙。”

说话间，一哥云淡风轻，倔强的神情让我觉得任何安慰的言语都显得无比多余。实际上，我不那么担心她，她那么骄傲那么坚强，一定会过上她想要的生活，纵使过程艰辛，至少不曾辜负自己的初心。

2

前段时间，网络上刷满了天后王菲的小女儿李嫣霸气登场巴黎时装周的新闻。秀场上，面对一众大牌明星，小姑娘毫不胆怯，步伐迈得扎实，目光自信又坚定，仿佛生来就属于舞台。

她一定知道媒体不会放过任何一个细节。天生唇裂的她虽然经过多次手术，但她的嘴唇跟常人相比仍然有明显的残缺，在高清镜头下显得更加突兀。路人投来的异样目光，网友不客气的抨击，无时无刻不向这个12岁的孩子投来恶意，这种恶意在一个孩子心智尚未成熟的时期，足以摧毁她稚嫩的心灵，使她只敢畏缩在自己的世界里自怜。

这种目光同样也会投向王菲的大女儿窦靖童。在媒体报道中，男孩子气的她被描述成活在压力之下的叛逆少女。一方面，同样以歌手身份出道的她是王菲的女儿，所以被给予更多期望；另一方面，因为王菲洒脱的生活态度和开明的感情观念，每一段恋情都备受关注，每一次选择都备受质疑，在大众的想象中，她的女儿们一定承受了很多来自不稳定的家庭环境的伤害。

随着窦靖童和李嫣更多地暴露在媒体镜头下，大家这才发现，她们从来都不是想象中的受害者，她们可能生而不同，自身各有局限，但她们有自信、有底气。知道自己的喜好，明确自己的目标，便朝着那个方向去追求。

这是她们的心气儿，没有被父母强大的明星光环压得喘不过气，也不会担心自己的缺陷被外界过度关注和放大。我就是我，我所在乎的，一定是我想要在乎的。

前段时间，综艺《幻乐之城》播出，一向少言的天后王菲，在窦靖童完成演出后兴奋地冲上台，直言这是她在这个舞台看到过的最切题、最深刻的作品，毫不吝啬她对女儿的欣赏和赞美。台下李嫣开心地鼓着掌，母女三人拥抱在一起，是那种发自内心激动的拥抱，毫不做作。

这幅画面让我想起年轻时的王菲接受采访，主持人问："你成名后感觉到有什么困扰吗？"她笑着回答："太红了。"

王菲还是那个王菲，从来无意表演一个谦逊的完美明星，也从不标榜传统意义上的贤妻良母。她的心气儿，就是不管自己处于什么位置、什么环境，她只想要做自己。在她的影响下，她的孩子们虽然经历过风雨，却始终保有一颗向阳之心。

不管对人还是对事，爱与被爱她都坦坦荡荡，所以她才是传奇。

3

你是否见过这样的人，他或许遭遇着生活的刁难，有无数个借口让自己妥协，有无数个理由让自己松懈下来，但是他偏偏咬着牙死磕？

我身边有——那些奋战在考研线上的同学，对专业知识的追求和对名校的向往是他们心中的信仰，即使一时挫败，只便卷土重来。尽管降低标准会更加轻松，但他们坚持自己心中的标准不轻易动摇。这是一种心气儿，源于对自身的期待，并被这种期待推动向前。

你是否见过这样的人，他的面前有多种选择，甚至有许多捷径可走，面对许多伸手可得的诱惑，但他们偏偏可以守着原则，用原始而笨重的方法前行？

我身边有——那些在工作岗位上可以利用职权给他人行便利的同事、朋友。有很多时候，他们可以在原则的边界巧妙地游走，只要掌握好分寸，就能获取自己平时需要付出几倍努力的所得，但他们没有。这是一种心气儿，源于自身的远见和修养，不屑跟与自己价值观不符的人和事为伍。

心气儿是一种态度，一种融于骨血的个性，也是一个人的支撑信念。它可以是与生俱来的，也可以是在后天成长的环境中形成的。它可能是进取心，也可能是野心；可能是不甘示弱，也可能是自强不息。

有心气儿的人骄傲如刺猬，看他始终给自己设立防线，让人又爱又敬。

4

很多读《红楼梦》的人偏爱林妹妹，爱的就是她的心气儿，她独有的清高和倔强。幼年丧母，体弱多病的她被迫远走他乡来到贾府常住，无时不与寄人篱下的偏见和轻视较着劲，无时不担忧着不能与爱人相守。

她总爱与宝玉闹情绪，在那个一夫多妻是常态的封建年代，也绝不肯与别人共享心爱之人；恨不能主宰自己的命运，却始终不肯屈服。尽管家道中落，她依然严格要求自己，把自己活得超然脱俗，也活成了宝玉心中永远的白月光。

当然，也有“心比天高，命比纸薄”的警示告诉我们，一个有心气儿的人一定不会有目中无人的傲慢和自以为是的狂妄，他（她）应该有以下几种特征：

首先，不惧怕他人的眼光，不受外界环境干扰。我们在为人处世中，常常容易被他人的目光和闲言碎语绑架，终日活在他人的评价中惶惑不知对错。做一个有心气儿的人，将自己从大众眼光中挣脱出来，不卑不亢，才能真正拥有独立的人格。

其次，要有正确的自我认知。有心气儿的人有坚定的信念和傲骨，不是在对自己没有正确认知的情况下毫无根据地盲目自信和幼稚炫耀。了解自己的真正水平和能力，了解自己的真正喜好和特长，定下一个切合实际的目标，并绝不因为向实现目标努力的过程中受到的苦累而随意变更。

最重要的一点是，要自律。远离自怨自艾和妄自菲薄。成为有自信心和判断能力的人，不要纠结于眼下的困顿，要将目光放长远，定下一个可达到的目标后，重要的是严格要求自己。有的人相信自己生而不同，却不肯下苦功雕琢自己，终而泯然众人。只有将信念转化为奋斗的动力，才是信念存在的意义。

三毛曾在诗中说：“如果有来生，要做一棵树，站成永恒，没有悲欢的姿势，非常沉默，非常骄傲，从不依赖，从不寻找。”

多美的意境，任凭你怎样解读，它都有一种独立、孤傲的美感。

所以，做一个有心气儿的人吧，把骄傲活成心底向阳的风景。美好的生活是要靠自己争取的，虽然外部环境不可控制，但自己内心的信念可以掌握在自己手中。这种坚守本身就是一种正能量，告诉自己不可妥协、不必退让。

生活不一定是坦途，但一定能活出自己的精彩，至少不会平庸无闻，即使最后不是一个传奇的故事，也一定是段快意人生。

夸一个人的高情商时，我们究竟在夸什么

文♥林一芙

前几天在饭店吃饭，隔壁桌坐着的两个女生从一落座就开始兴奋地闲聊。

听上去，两个人像是昔日同窗，其中一位在事业上似乎遇到了瓶颈，几杯酒下肚，忍不住向另外一位诉苦。

“我现在的工作朝五晚十，工作单位又离得远，每天坐地铁就要快一个小时的时间，这还没算上步行的时间。”

“我们老板不讲情面，不仅工作日要加班，有项目的时候连休息日都要随时待命。他自己够努力，就希望我们单位所有的年轻员工都和他一样，能废寝忘食一心扑在工作上……”

在她讲述的过程中，闺蜜时不时地插话：“早叫你离职去考公务员了，女孩子过一点儿稳定的生活多好，现在大半青春都耗费完了，你后悔也来不及了。”

“你啊，就是太自我，太固执，太不懂争取，”闺蜜着重用了三个“太”字，“你如果像我这样毕业就考了公务员，哪有那么多苦恼？你呀，就是目标不明确，总满足于现在的生活，不肯往更高的阶梯上迈。”

一直认真听取同伴建议的女生，表情越来越难看，最后轻声地辩解：“可是……现在的工作是我喜欢的啊！”

而那位“挑剔小姐”似乎无视同伴的坏脸色，还在不停地重复着：“你以前读书时，连作业都到截止日才能完成，这种性格就该找一份清闲的工作……”

整个对话，以抱怨工作的女生不再回话为结尾。

她为什么不再回话了？因为她的同伴活活把天聊“死”了。

没有人在表达自我的时候，想听到一个声音在耳边醍醐灌顶地提醒着：“你错了，你是个傻瓜。”

每个人的内心深处都有一种最认同的生活方式。但“挑剔小姐”作为朋友的占有欲，却让她时时刻刻想要撕掉对方的标签，贴上和自己相同的。

或许本意是出于好心的，可是不加收敛地表达却让人听起来很不舒服。

同样的话，怎么说更令人舒服呢？

我大学时参加了学校的文娱部，部门里都是爱美的男孩女孩，又正值花一样的年龄，讨论的话题全部都是当季新品的包包、衣服、化妆品。

部门里有个女生，被我们叫作阿圆。阿圆和我同一届，家里的经济条件比较一般，可抵不住荷尔蒙作祟的爱美之心，常去外贸店选购一些奢侈品仿品、瑕疵尾货。

大一刚开学的时候，一个奢侈品牌推出了一款翠绿色的蛇头包。阿圆不知道从哪里买到了这个包，很兴奋地带来给我们看，同时吹嘘着它的价值。那时候我和阿圆才刚刚认识，又是个不太关注品牌的“时尚绝缘体”，只以为她是挥金如土的“白富美”，夸赞她的包好看。

阿圆被同龄人夸得飘飘然起来，每天都用同色系的衣服刻意搭配那款包。

那时，文娱部为迎接新成员举办了晚会，上一届的文娱部部长也来了。

部长是艺术学院的学姐，大学时兼职赚了不少钱。她刚一落座放下包，正好放在阿圆的包旁边，眼尖的人马上就看到了：“学姐，你的包和阿圆的一模一样。”

阿圆自然知道自己花的钱不足以买到正品。这是她第一次见到这款包的正品，就好像一出真假美猴王的折子戏，真猴王金箍棒在手、火眼金睛，而自己的包走线粗劣、皮质厚薄不均，简直就是毛色暗淡的六耳猕猴。

“应该是同一款包吧！”

学姐本想一句话带过，突然有人发现了异样：“也不完全一样呢，你看这里，一个锁口是歪的，一个锁口是正的。”

“我记得新的一季有两款，你这个是另外一款吧？”

学姐边说着，边把自己的包放到椅背后面。我们很快转移了话题，那场晚会上学姐再也没有把自己的包拿出来。

当天晚上，学姐通过部门微信群加了阿圆。两个人不知道怎么就聊到了时尚品位。

正当阿圆根本不知道话题怎么继续下去的时候，学姐发来了几个店铺链接：“我大一的时候专业课太多，没时间兼职赚钱，买不起太贵的包，后来发现有些原创的品牌也挺好的，我推荐给你看看，我大一的时候都用过。”

毕竟是艺术学院的学姐，她推荐的那几个品牌，质优价廉，设计感丝毫不输大品牌。

经过这一次照妖镜般的经历，阿圆也彻底把那个蛇头包封存起来。

这段经历是阿圆后来亲口告诉我的。她说，后来在部门里相处久了才知道，其实学姐特别讨厌侵犯创作者权益的仿品，但即便是这样，也没有在第一时间拆穿一个大一学妹的虚荣心。

她常常说：“别人和我环境不一样，我也没资格要别人和我有一样的行为。”

《了不起的盖茨比》里说：“当你想要批评别人的时候，要记住，这世上并不是所有人都有你拥有的那些优势。”

我不喜欢，但我理解你的生活方式。

假如你现在做的事情不对，我不愿意站在高处指责你。我站在你的处境，指给你看一条我认为正确的路，如果你是有心人，就能够自己权衡，知道该走哪一条路。

我们经常把那些令沟通对象感到舒服的人形容为“高情商”，但当我们夸一个人“高情商”时，究竟在夸些什么呢？

其实“高情商”的人拥有一种“易共情”的能力，能设身处地地理解对方的困境，捕捉对方表露出的不适感，却不马上进行评价或是指手画脚，除非是对方主动提出要寻求关于方法论的建议。

所以说到底，“高情商”是一种自我克制。

现实生活中，我们都被别人贴上或自愿贴上无数自限的标签。有人听古典音乐，有人迷恋流行金曲；有人赚来的钱喜欢买名牌包，有人喜欢用来购书；有人毕业后选择在大城市打拼，有人选择回家乡陪伴父母享受天伦之乐。

克制就是：当另一方在表达自己的观点时，无论分享的是欣喜还是遗憾，他都不需要被提醒“失去的是什么”“错误的在哪里”，他只是在陈述自己的选择。成熟的人所做的选择，早在选择之初，就已经准备好了接纳选择的副作用。

而“高情商”的自我克制，究其根本，取决于一个人的自信程度。

像我在饭店里遇到的那位“挑剔小姐”，她在任何时候都维护自己的想法，在驳斥他人的过程中满足着“我很正确”的需求。

而那些尊重别人生活方式的人，其实有着强大的自信，不需要在别人身上寻找自己的优越感。哪怕是遇到了比自己强的人，也不必狐假虎威地露出触角，非要伸到对方眼前让他看清。

只认可自己是最短视的自信，而高级的自信应该是多一双眼睛用来欣赏别人。

高情商的人只会诚恳地告诉你他的想法和观点，不会冒犯你的个人标签。而现实生活中唯一完全不能成为朋友的，是听古典音乐却嘲笑流行金曲没品位，或者听流行金曲就暗笑古典音乐“老掉牙”的人。

刘瑜老师曾说过一句话：“人的每一种身份都是一种自我绑架，唯有失去，才能通向自由之路。”

一个人活在这世上，应该既是尘埃，也是星球。

他应该比尘埃更看轻自己，却在别人眼里，比任何星球都丰富。

没个性的姑娘，都活成了什么样子

文♥闫晓雨

请不要用完美主义阻止你做对的事情。

整个时代都在教你如何特立独行，但我想说随心就行，“真正的自我”应该像水消失在水中那样。

前段时间，我和好朋友十六聊到“理想主义”这个话题。

理解或许有些浅薄吧。在我眼里，理想主义者是具备“内心有所支撑和疏离”特质的人，这部分人不一定是那些剑走偏锋的艺术创作类人群，更多大概是藏匿于普通人里的。这部分人的内心有着支撑自己活下去的东西，不管是爱，还是信仰，或者是一些其他的什么，且始终行走，保持在一种清醒状态。

十六说，她眼里的理想主义者要更重大一些，在面临重大抉择的时候，能不计较个人得失，而为集体、科学、真理献身的人，是理想主义者。

根据我们两个人的讨论，最终总结出一个观点：真正的理想主义者，其实并不知道自己是理想主义者。那些打着理想主义的幌子，终日混迹在世人的青睐和盲目崇拜中的人，只是在粉饰自己。

近几年备受追捧的“个性主义”又何尝不是如此？

真正有个性的人，从来不会以标新立异来给自己贴标签。

我认识的一个姑娘大琪，上过国内某热门综艺节目，她大胆、新鲜、有趣的经历，一度成为社交网络上的热议话题。她在节目中剖析自己的成长过程，因为家境普通，长相不够出挑，学业什么的都只能用资质平平来形容，一度觉得自己就是人群中最没个性的姑娘。

于是，在大学毕业后，大琪没有按照其他同学那样的生活轨迹去找工作，反而是第一次大胆地随心做了决定，去旅行。

一个人背包从北京出发，沿途做义工赚钱，断断续续去了20多个国家和城市。

她在大理古城的人民路编过彩辫，在尼泊尔断电的日子里和当地小朋友们打着手电筒坐在院子里吃水果，在清迈的悠然和古朴下放空自我。在所有人都劝告她“女生一个人不要轻易去印度”的情况下，她依旧选择前往，那是她从青春期便向往的地方，纵然可能存在危险，她也会在做好足够安全措施的前提下去看看。

“你不害怕吗？”

“害怕。但是人这一辈子就这么长，错过了这次，下次说不定我就不敢去了”，她把自己在印度的沿途见闻记录在网站上，吸引了不少网友关注，她一边为大家揭示真实的印度风貌，一边告诫大家还是要做好准备再来。

这段旅行带给大琪人生的影响可谓意义非凡。

旅行仿佛是一面镜子，可以让人通过它看到真实的自己。在海边看到日落的时候，你会笑；在路上看到不公平现象的时候，你会生气；在大多数无聊聒噪的旅途中，能静下心来思考。

大琪第一次意识到，原来人的情绪如此丰盈有趣，而拥有这么多情感财富的我们，又如何能说自己“没个性”呢？

惠特曼在《大路之歌》中说：从此我不再希求幸福，我自己便是幸福。凡是我遇见的我都喜欢，一切都被接受，一切对我都是可爱的。从这时候起我使我自己自由而不受限制，我走到我所愿去的地方，我完全而绝对地主持着我自己。温和地，怀着不可抗拒的意志，从束缚着我的桎梏下解放我自己。

从此，我不再奢求特立独行，只忠于内心，忠于自己每天经过时的感受。

说起“没个性”的姑娘，娱乐圈里倒是有一个人很符合，吴昕。

《快乐大本营》到今年整整21周年了，而吴昕通过当年湖南台举办的“闪亮新主播”比赛出道，也在这个台上站了12年。

让时光回到那个蝉鸣的盛夏，正在考研班读到一半的吴昕，凭借出色的表现力通过“闪亮新主播”这个主持人选拔赛拿了亚军。摆在她面前的是两条路，一条是继续考研，顺理成章留在大学里当老师，成为家长眼里安稳顺从的好姑娘；另外一条路是选择和湖南台签约，加入《快乐大本营》，貌似光鲜，实则对一个普通姑娘而言，充满未知的冒险。

梦想的路上永远都是晴天与泥泞并存，吴昕参与的第一期《快乐大本营》播出后，从小到大都没有受过重挫的吴昕看着网络上铺天盖地的网友言论惊呆了。“这个人怎么长这么丑？”“身材不好，还敢上镜？”“她爸爸是不是台长啊？否则，怎么会让她来主持节目？”……诸如此类的言辞，数不胜数。

语言暴力的力度往往比想象中更可怕。

最难过的时候，吴昕甚至想“要不然，算了吧，我可能真的不适合主持”。面对她暂时的怯懦和忐忑，真的像极了生活中没个性的我们，不敢用力反击，不敢开口要求观众再给她一些时间。

毕竟是新人，得到的资源和人气都不算充分，有时候听着台下的观众对其他主持人尖叫呐喊，吴昕会有那么一点儿小失落：“怎么就没有人喜欢我呢？或许，还是我做得不够好吧。”

但就是这个看起来毫无个性的姑娘，愣是坚持了下来。

从学校走到社会，从《快乐大本营》走到更宽广的人生舞台，从简单的主持人，成为跨界的演员、服装设计师、餐饮店老板娘，吴昕的每一次华丽转变，都不单单是“幸运”两个字所能概括的。不管遇到什么糟糕的事情，她都没有因此一蹶不振，反而越挫越勇，逐步在摸索中找到了属于自己的定位和风格。

她曾经发微博描述自己人生中的小确幸：“读到一本好书，追到好看的剧，吃到好吃的东西，今天体重没涨，手机永远有电，喝酒喝醉瞬间睡去，飞机不晚点，路上没堵车，收到快递，以及，机场不被拍丑照。”

这些心愿都是多么微妙的美好。出道十余年，虽然早已不是当年那个又穷又没人气的小主持人，但她始终还是那个会因为一点儿收获而满足的暖心女孩。

现在的她，会为了一部电影的出演而短时间内瘦下去八斤，5点之后不管再怎么饿，都不会让自己吃一口东西。曾经的她，在大学里刻苦练习法语，在宿舍里所有人都睡着的深夜，她一个人打着床头的小灯，翻开复习题，反复剖析每道题的思路。

之前在巴黎时装周上她散发着异常迷人的光芒，有人说剪了短发的她像极了赫本女神，她却说：“我不是女神啊，我是吴昕。”

这世界上有人能懂你，是幸运。自己懂自己，才是幸福。

不得不承认。

这个没个性的女孩，最终用自己的方式成就了自己。

放在现实生活中来看，那些有着明确目标、始终能够不偏离计划的理性派太少了，大多数人，都是在摸索和经历中，跌跌撞撞长大。

我也算是“没个性”女孩中的一员。

从小到大，我都是人群中不惹眼的平凡女孩。没什么拿得出手的谈资，唯一坚持下来的事情，就只有写作这件事。

我不知道自己要什么，但我知道自己不要什么——像我这样的活法挺笨的。

喜欢什么就去尝试，撞了南墙又何妨，从来不害怕失去；向往什么就努力去追，追不到，至少不给自己留遗憾；没个性就没个性吧，不是所有人都要成为绝世英雄，做个普通人挺好的。

没有一种美好可以横空出世。没有个性，某种意义上，说明你所拥有的自由和可能性更多。未来那么远，你还有足够的时间，活成自己喜欢的样子。

那些活得漂亮的女人，都是什么样的

文♥格　姐

一早刷到了好友的动态，有点儿恍惚。

她写道："拥有不容易生病的身体、够用的收入、养心的爱好、强大的小宇宙，你就是无所谓、有所为的女神。"配图是冯唐的新书《无所谓》。

都说越缺什么，越喜欢在朋友圈发什么。27岁的她，和对象吵架分分合合几次，温暾的日子停滞不前时我们聊了很多，最近又发生了什么，我不得而知。

想起前段时间我写的那篇《姚晨感慨做女人难》的文章，反响激烈，不少读者向我提出了关于女人如何权衡家庭事业，关于选择，关于婚姻，关于年龄困扰。

冗长的岁月里，女人到底做什么才能从容自处？

冯唐在《致女儿书》里写："内心强大比什么都重要。"

他说："每个人总有那么些阶段，感觉临渊履薄，睡眠不好，精神不济。记住九个字‘不着急，不害怕，不要脸’。”

是真言是良药，这九个字，今天想和你们聊一聊。

1. 不着急

不着急，是对时间的态度。

都说现在的生活节奏很快，地铁要挤，公交车要追，午饭要吃快餐。

二十多岁的年纪，满脑子想的都是怎么成功。我们太怕错过，怕遗憾，怕来不及。

我们总是不快乐，因为我们总是期待一个结果。

看一本书期待它让我们变得深刻，发一条短信期待它被回复，对别人好期待被回报以好。

这些预设的期待如果实现了便长舒一口气，如果没有实现就会自怨自艾。

慢慢地，我们明白生活就像种花，它要阳光，要水，要呵护，有它自己的秩序。

太多东西急不来，也只能慢慢来。

董卿曾在节目里回忆最难的时候：累到哭，急到吼，很不堪的状态会有。

所谓的从容和勇气是在认清了生活的真相后，去理解，在所有这些让你焦虑的、纠结的、崩溃的事情背后，去思考，最终的彼岸是什么，你想达到的目的是什么。

拨开一切乌云和荆棘后，可能会获取额外的力量。

很多人和我说来不及的时候，内心总是有种莫名的倔强，怎么就等不起，怎么就来不及了？

谁还不是从孩童的零走过来？不会，学；还不会，再学。

非常喜欢一句话，说的是女人的智慧是怎么来的：“女人的智慧源于学习，思考，然后图谋再举，和男人一样。”

能力也好，生活的状态也是，别着急。但有时候刚说服了自己，长辈却逼得你身不由己。

你明明和别人一样啊，为什么要过得和别人不一样？

一句话就抽光了我所有的勇气：“为什么啊？明明是我的人生不是吗？”

为什么就不能让我自己去做决定呢？为什么连拒绝都让我变得内疚，让我觉得自己是错的？

徐静蕾在接受采访时，诧异：“什么是对的好的，只有自己清楚。每个人连想明白自己都挺不容易的，何况去指导别人的人生。”

可是很多人不懂这个道理，明明不懂却干涉别人的生活，被人劝说后反而失去自我，最后多以妥协收场。

你说“我没办法”，慢慢地，说出口的次数多了，连自己也信以为真，生活要赶，自己的人生没得选。

别急，一步也别急，有些路就像扛着石头上坡，再想停就难了。

2. 不害怕

不害怕，是对结果的态度。

知乎上有个热门话题，叫“二十多岁做什么将来才不会后悔”，有几十万人参与讨论。

选择和坚持的不朽话题，我们反复斟酌。

姚晨在星空演讲里描述自己想大干一场时，发现自己怀孕了。后来一孕再孕，回归已十分尴尬。

有一期的《天下女人》里，美国驻华大使夫人李萌是嘉宾。

被问到如何权衡事业和家庭时，她从不觉得是牺牲，或者委屈，短暂地回归家庭，她也只是遵从本心，觉得自己做了一次选择，有的是不一样的体验。

她说：“独立的女人不以是否工作挣钱为分界岭，而要看是否有独立的价值观和做选择的能力。”

她总是能看到事情的积极面，时时刻刻都能找到自己感兴趣的事情，去学习，去尝试，去拓展更多可能。

于她，结果无好坏，有路走就对了，当真是那句“上帝给你关了一扇门，定会为你开一扇窗”。

很喜欢韩雪说过的一段话：“没有一个选择是绝对正确的，人生就是一场华丽的冒险，任何时间的节点都有选择。”

一旦你做了选择之后，你就要全力以赴地，为了这个选择去拼搏，但是我们要用自己的智慧和努力给自己一份保险。

生命只有一次，所谓的指南不过是别人走过的路，没有绝对的正确，多的是不一样的体验。

坦然地认同，接受，并善待自己的选择，负责到底，那时候你会发现也没什么好害怕的。

未来没什么好失去的，失去没什么可怕的，错过是无缘，累了就换条路走，踏踏实实地一步步向前，眼前也变得开阔。

3. 不要脸

不要脸，是对他评的态度。

而换句表述，不要脸其实就是内心强大到无以撼动。

冯唐那句“内心强大比什么都重要”很戳心，什么叫内心强大？

小说《大战拖延症》里说：

那是心里有一条明确的路，除了自己手里提的灯，任何人、任何事都无法阻止他的脚步。

所有的反对、质疑、嘲讽他都能充耳不闻，他能抵挡世界一切的诱惑，能忍受别人无法忍受的痛苦。

甚至几十年如一日，哪怕踽踽独行也绝不回头，绝不后悔。

它是一种支撑自己的力量，不管不顾去体验去追求的决心，是知世故而不世故的选择，是认清生活，却依然热爱生活；是看清现实，依然从容不迫。

《如懿传》中，因爱坚持到最后的皇后如懿接连受挫，而始终站在她身后帮她的却是那个一开始连话都不敢说的海兰。

故事的开始，皇上来她怕，她躲，被比自己位阶还低的人欺辱时，她忍着憋着，只求不生事。

后来即使被冤杀害如懿的祥瑞之子，入了牢狱，人证物证俱全，自己的亲侄子也指证她，连如懿都差点儿动摇时，她却坚持真相，到最后都没松口，洗刷冤屈，伶俐还手。

她变了，从怯弱怕生，到坚韧地独当一面。在劝如懿不可信人时，狠心决绝；自己的儿子问为什么把他培养得如此优秀，却不能动太子之心时，她坚定通透不忘初心。

有时候想来，内心的强大，又哪里是一蹴而就，还不是一次次地经历，痛着想着，思考着一步步长大？

冗长的岁月，女人要做的选择太多。

犹疑徘徊的时刻太多，旁人默契规定的年龄门槛，婚姻法则，到底该如何从容自处？

看不到方向时，谨记这九个字：不着急、不害怕、不要脸。

去追，去思考，去体验，给自己足够的时间和机会，找一找内心的渴望，弄明白自己所追求的目标。

很喜欢《死亡诗社》里的一段话："我步入丛林，因为我希望活得深刻，吸取生命中所有的精华，把非生命的一切都击溃，以免当我生命终结时，发现自己从没有活过。"

你的生命，终究还是要为自己活。记住，这个世界从来是经纬有度的，不会因为你的忍让而缩水，也不会因为你的强悍而膨胀。

内心柔软而有原则，身披铠甲而有温度，便是游刃有余最好的方式。

CHAPTER 04

梦想，是最美好的信仰

梦想的绝配不是才华，而是持久的奋斗。

那些曾经追梦的人，现在过得还好吗

文♥衷曲无闻

“日复一日的苦功一定是乏味的，就算是曾经自己深爱的，只要变成一项任务，就会有不停的重复和不停的挫败，让人心生厌倦。如果说是什么让我坚持下来的话，那就是梦想，承认追求梦想一点儿都不幼稚。”

1

一个月前，因为工作关系我有幸采访了一位画家。来到他的画室时，这位近五十岁的画家正俯身在一张画纸上描摹，手上甚至脸上都溅有墨汁。他抬起头来不好意思地笑笑说：“今天的练习还没完成，让你见笑了。”

已经是下午两点，为了作画他还没有吃午饭。我不禁感叹他的勤奋，同时也有些疑惑，一位知天命时才小有名气的画家，明明在其他领域也有所涉猎并可以轻松胜任，为什么偏要从艺？是什么让他长期保持如此高度紧张的练习？

在后来的采访中，他讲述了艰辛曲折的追梦历程，让我的疑惑有了答案。

最初发现自己的爱好是在一个酷暑的傍晚，他偶然间看见爷爷在家里作画。他的爷爷上过私塾，画得一手好水墨，只是后来被迫放弃所爱从此务农，后来有心拾起爱好，却因为年纪大了手抖得不听使唤，已经无法作一幅好画了。

他看着纸上的山水云烟，突然发现燥热的空气瞬间被隔绝，画上的线条虽然有些晃动的痕迹，却是他从没见过的景色。

遇到心爱的事物是最幸运的事，从那天起他就跟着爷爷学画，梦想长大成为一名画家，办一场轰动的画展，继续爷爷无法完成的心愿。

可是好景不长，爷爷病逝，贫寒的家庭连一家人的温饱都难以满足。为了继续学业，瘦弱的他每天天不亮就要挎着一个大篮子到集市上卖菜，晚上回家后，用冻裂的双手继续画画。

家境的落魄、同学们的嘲笑和老师的不理解都是他追逐梦想的阻碍，但是他觉得，嘲笑之中，唯有更努力，才能用行动去鄙视那些轻蔑之人，用成绩去证明自己。在拼命努力下，他被一所艺术学校看中，为他提供了系统的绘画教育和训练。

或许命运对于有心之人的考验常常过于苛刻，这样来之不易的学画机会他还是没能把握住。因为长期在集市上卖最低价的菜，他被其他商贩蓄意报复打伤，在医院里躺了一个星期。家里再难举债，他为了生计只得辍学，从此中断了做画家的梦想。

2

所幸在社会中摸爬滚打多年后，他的生意做得风生水起，再也不用看人脸色，再也不用节衣缩食。但他发现，渴望绘画的梦想一直在心中横亘着，深夜想起来的时候，几度心痒难耐。辗转反侧，他终于急流勇退，用积蓄开始从头学起、奋起直追，终于离梦想越来越近。

“其实也曾十分挣扎过的，有时也会纠结自己究竟能不能成功，毕竟底子比别人差了太多，所以我只能加倍努力追赶。虽然日子不比经商时辉煌，但内心十分宁静。这才是我想要的生活。

“日复一日的苦功一定是乏味的，就算是曾经自己深爱的，只要变成一项任务，就会有不停的重复和不停的挫败，让人心生厌倦。如果说是什么让我坚持下来的话，那就是梦想，承认追求梦想一点儿都不幼稚。”

虽然直到现在，这位画家尚未举办一场属于自己的画展，虽然他清楚地认识到相比同龄人来说他的现有成绩并不突出，但在他的神色中尽是满足感和成就感。

你看，梦想已经跟他的人生价值连在了一起，只要那个价值信念还在，只要肯付出努力，让人欢喜的不一定是一个全无遗憾的完美结局，而是一个问心无愧的选择。

我这才惭愧地发现，在这位画家谈及梦想之前，我已经好久没有发自内心地感受过梦想的分量了。

3

你有多久没有谈起过梦想了？你有多久没有认真追逐过梦想了？

还记得梦想这个词是小学时候的课堂问答和作文最常见的问题。年少不懂“梦想”的标准和界限，不顾自己的实力与能力，说出的梦想笼统而直接，全凭爱好和胆量。

比如当一个科学家，发明神奇的东西改变世界造福人类；比如当一个作家，获得诺贝尔文学奖；比如当教师、医生、警察……只要是故事里的正面人物，都可以成为一个期盼的梦想。

也还记得在深夜的烧烤摊上也谈起过梦想，烤串的香味跟醉酒后的微醺掺杂在一起，我们趁着年轻有使不完的劲儿，把梦想扯着嗓子喊出来，想告诉全世界我不是去实现而是去征服。

但不知是否是当时的梦想许下得太过容易，也不知是否是我们的内心过于软弱，抑或是现实里的生活太过不留情面，曾经的梦想是一番壮志豪情，现在却成了一个听起来有些鸡汤的词语。

最近几年，更是因为一档火热的综艺节目，大家常模仿节目里梦想导师的语气发问，“请问你的梦想是什么？”

玩笑的语气，调侃的问答，似乎梦想已经成为一个梗，早已不再具备当年我们郑重地说出口时，那种庄严感和使命感。

有的人在追梦的过程中屡受打击，逐渐认清现实与梦想的差距，终于向平庸妥协；有的人自以为成熟的表现就是彻底与曾经爱做梦的自己决裂，年少不知梦想轻重是一时幼稚，长大的人不必说梦；有的人甚至从未迈出步伐，就被他人追梦之路的艰辛吓得收回脚步。

有人说，自己的能力根本配不上自己的野心，或许是真的吧。

文艺青年说起梦想，一定要用到北岛的诗：“那时我们有梦，关于文学，关于爱情，关于穿越世界的旅行。 如今我们深夜饮酒，杯子碰到一起，都是梦破碎的声音。”

4

其实，是我们都把梦想的概念设定得太沉重了。它不一定要是一个宏大目标，不一定需要多么大的光芒，它只要是你的心之所向，哪怕只是心中的一点温热烛火，都值得一试。

重要的不是说出梦想时有多么庄重、恳切或者笃定，重要的是你在追求梦想的过程中付出过什么，坚持过什么。

不是所有人都会像那位画家朋友一样，在人生中的某个瞬间突然被一样事物彻底吸引，从此扎根于心、念念不忘，也不是所有人都能经历人生种种曲折与变故，就一定机缘巧合辗转回梦想的起点。大多数人的梦想不过是一个简单的心愿或者目标，因为担心它不够宏大，不好意思说出口，也没有坚持的勇气。

说一个身边的事例。高中的时候班里有个学习特别好的女生小彭，梦想考取清华大学，毕业后做一枚北漂青年，自己闯荡一番天地。当时的我们都觉得这不算什么梦想，因为对于优秀的她来说，清华大学近在咫尺，即使不是北京名校，也可以是其他地区的985名校。

结果学校统计高考成绩那天，唯独她没有到场。她发挥失利了，从挑选学校变成了被学校挑选，于是她毅然选择去复读。

一年以后，我惊讶地发现她成了我的校友，或者说是学妹。一问才知，或许是心理压力过大，第二年高考她考得依然不理想，在家里的强烈反对下她只能屈服，将就选了省内的大学。“没关系，等考研我一定风风光光地杀回清华，让清华再等我几年。”

谁知历史在她考研时再次重演。她考去了西北一所偏远的大学，不知是不是心情低落，接下来的一段时间里她再也没跟我联系过。

两年后，她突然加我微信，我看见她晒出的清华校园的照片，一瞬间热泪盈眶。原来，因为家人强烈反对她复读，她去了西北却根本没有入学，只身一边租房再战考研一边瞒着父母。因为生活费拮据，最难熬的时候她在出租房里冻得发着高烧，还背着单词……

如此付出，只因梦想不可辜负，幸而，梦想也没有被辜负。

5

你看，梦想可大可小，可高可低。其实只要你明晰了自己的梦想，梦想就不分大小，不分高低。

别怕梦想是错的，只怕你当梦想是句玩笑话，过早地将自己钝化，逐渐变成了曾经你厌恶的样子。

谁都说出过幼稚的梦想，长大后的我们可以不屑一顾，但不正是在一次一次推翻从前的认知找寻新梦想的过程中，我们才能找到真正的心之所向吗？

电影《暮光之城3》里，有一场毕业典礼，杰西卡说：“五岁时，人们问我们长大后想做什么。我们的回答是宇航员、总统之类的，或者要当一位公主……但是现在我们长大了，现在不是做出艰难而仓促决定的时候，现在是犯错误的时候，登上错误的列车，困在某处，改变主意，再反悔，因为没有什么是永恒的。所以，尽可能地去犯错，那样，有一天当他们问我们想做什么时，我们不需要再猜测，因为已经了然于心。”

所有成功都是努力加机遇，所以别怕梦想最终难以实现。虽然努力不一定通往成功，但是在你为之努力的过程中，梦想已经融入你的骨血，融入你的细枝末节，敢于追梦的人，一定有着令人骄傲的故事。

赢了当然是荣耀，可输了又怎样，来日与友人相聚，深夜把酒言欢，酒杯相碰，是无悔的声音。

或许，沉默不语才是保护梦想最好的方式

文♥洋气杂货店

1

高中时，班级里有个默默无闻的人，终日埋头苦读，两耳不闻窗外事，成绩虽在慢慢提高，却也并没有遥遥领先，因此老师不关注他，同学们也不将他放在心上。

高考成绩出来后，所有人都很震惊，这个平时没有任何存在感的男生，考上了著名的985院校，在这个普普通通的学校里，他立马成了所有人羡慕和钦佩的对象，他却云淡风轻地说是幸运。

抛开幸运的遮挡物，我们看到的是他三年来的起早贪黑，别人玩闹时他的坚持付出，一步一个脚印，走得很是踏实。

现如今，有太多人把各种目标挂在嘴边，信誓旦旦地夸下各种海口，想进前三名，想考上某所学校，却从未见其真正行动过、努力过，相反，当他们把梦想说了很多遍，还会产生一种错觉，即我已经为理想奋斗了。

这种错觉恰恰会阻碍真正的行动力。

在这个"梦想"越来越不被当作一回事儿的年代里，一部分人早已将其抛之脑后，另一部分人将其当作茶余饭后的谈资，上一秒讲过，下一秒就辜负。

一个人若真在意自己的梦想，在其还是露头小芽阶段，定不舍得将其暴露于烈日之下，相反悉心呵护，等梦想开花结果，才会告诉身边人。

2

小时候，无论父母还是老师，经常会问我们长大后想做什么，科学家、宇航员、医生等常成为高频次答案，那些说出这些梦想的孩子总会受到一番"有志向"的夸奖，而那些梦想是一个底层职业甚至没有梦想的孩子常被大人训斥。

在价值观还未成型的小小年纪里，我们已经学会通过说好话、说假话，来谋取荣誉感和满足感。事实上，那些真正沉得住气、不争取即时表扬的孩子，往往日后更能取得成绩。

看过一组实验报告，研究人员邀请两组小朋友吃糖，在分发糖果时告诉他们，如果等一段时间再吃，将会得到两份糖果。

实验的最后，一部分小朋友抵抗不住糖果的美味诱惑，早早吃下它，另一部分小朋友忍住想吃的欲望，等到了两份糖果的奖励。

研究人员对这两组小朋友进行了长期的跟踪记录，最终发现，那些耐心等到两份糖果的孩子都比较优秀。

有个专业名词可以形容这些优秀孩子的行为，叫“延迟满足”，即一个人即使急切地想要得到些什么，都可以忍得住，不急于当下的满足，更不急于将刚取得的小小成绩宣告世人，获得夸奖和满足感。

在当下不够成熟的年纪里，虚荣心、阶段性成果总会冲昏我们的头脑，致使我们无法郑重地对待自己真正想实现的目标，从而将梦想彻底弄丢。

3

想做一件事，可以告诉别人，可以提及，前提是要在我们内心足够强大、不影响我们坚持下去的情况下。

然而现实中，内心强大的人或许并没那么多。

一年前，我和一个朋友相约共同写作，我瞒着身边人的同时，她却早早将自己想出书的目标昭告天下。

由于写作刚起步，没人指导，独自练笔摸索，我们的文字还处于日记、流水账阶段，每次她将文字公开发布时，总会受到各方的质疑。

有人胡乱指导她，这样不行那样不对，有人站在制高点吐槽她的文字，嘲笑她遥不可及的梦想，让她本就不够强大的自信心彻底崩塌。

不想再被指指点点和肆意评价，慢慢地，她停下了笔，而后再也没拿起来过。

梦想小芽本就脆弱，当我们早早曝光它时，在看似痴人说梦的情况下，常常会受到身边人的质疑和否定，恰巧，负面评价又有着巨大的杀伤力和破坏力。

此时，保护梦想最好的方式就是守住这个秘密，待其慢慢长大。

4

一直以来都很喜欢电影《肖申克的救赎》，在这部关于希望的电影里，我看到了坚守梦想、坚守秘密的力量。

主角安迪被冤枉入狱，从他进入监狱的第一天起，就在策划从这暗无天日的牢笼里逃出去，于是让瑞德为他找来袖珍的斧头工具，在无人监视时一点点凿着墙壁，默默坚持了二十年，无人所知。

当安迪从这防守严密的牢笼里逃出去时，瑞德震惊到感慨：有种鸟是关不住的，他们的羽毛太鲜亮了。而他没有说出口的是，这一切的不可思议，都是因为安迪那可怕的理想，那个一直没有说出口，却时时刻刻指引他、给予他巨大能量的逃走目标。

安迪身上有太多其他人没有的优点：聪明、专业、隐忍，最重要的是懂得保护内心的秘密。

他利用自身的聪明和专业与很多人打成一片，交到了好朋友，却从没有向任何人提及自己想要逃走的计划，因为他深深懂得，不需要多，一个不靠谱的队友就足够泄露这个秘密，继而毁了他的一生。

当你把秘密告诉风的时候，就不要怪罪风会告诉整片森林。

那些担心别人会破坏自己计划的人，首先应该从自己身上断绝一切泄露的可能性。

5

也许，有人会问，难道梦想就永远不能说出口了吗？

当然不是，在一个支持我们、鼓励我们且安全的环境中，自然不用担心说出它，而当我们对环境并没那么自信时，守口如瓶或许是个更好的选择。

在不求上进的氛围里，周围的同学会嘲笑那个想要跳龙门并努力学习的孩子；在这个文艺青年开始被人嘲笑的年代里，看书、写作甚至想要成为作家，常被大多数人拿来调侃，称其痴人说梦。

对待这些试图用语言将自己往下拖拽的人来说，最好的反击是行动，是梦想的实现，是实打实的成绩。

写作一年半，我的新书终于上市，对一直默默写作的自己来说，终于到了可以说出梦想的时刻，这一刻，我不再担心被人嘲笑轻视，也不用担心梦想被毁。

《当幸福来敲门》中，克里斯这样教育他的儿子：你要尽全力保护你的梦想，如果你有梦想，就要去捍卫它。

对普通的我们来说，沉默不语、踏实努力，或许才是保护梦想、捍卫梦想最好的方式。

把每一处角落都变成风景

文♥陈若鱼

1

小的时候，我就很羡慕邻居家的小孩。

那是我上小学的时候，来了一个新邻居叫徐欢，她妈妈经常会做各种各样的点心，隔着院子我都能闻见香味，馋得咽口水。她妈妈有时候叫我去吃，我看着摆盘精美的点心，色香味俱全的菜，不知道从何下手。

因为在我家里，从未出现过这样的情形，我妈每天早午晚饭都是随便应付一下，三下五除二就把饭做好了，我跟我爸也习惯了，可是有了这样的对比之后，心里也有了落差。我跟我妈抱怨，我妈说："我能给你做就不错了。"

我一直对邻居家的厨房充满好奇，也对徐欢充满羡慕，我还因此闹过一个笑话。

徐欢她妈妈开玩笑和我说，和我家换孩子养，一放学我就高兴地抱着自己的书包和衣服在徐欢家门口等着了。

结果当然是被我妈揪回了家。

徐欢家和我家，一模一样的格局，装潢却截然不同。

徐妈妈会在院子里把一个破轮胎挂在墙壁上，里面种着吊兰；徐欢不穿的雨鞋，也能养几根铜钱草；她和徐爸爸还在院子里给徐欢搭了一个秋千架，那时候我虽然不懂，但也觉得这样挺美好，不像我家院子里，永远堆着乱七八糟的东西。

我跟我妈说，我也想要个秋千架，我妈一边打麻将一边说："一边儿去。"

大院里所有的孩子都喜欢徐妈妈，调皮捣蛋的男孩子到了徐妈妈的院子里，也不敢撒野，像是不忍破坏这份美好。大院里所有的孩子也都羡慕徐欢，她生日的时候，会收到徐爸爸和徐妈妈精心准备的礼物，甚至会有精美的包装，上面还有彩带拉的花儿，他们在院子里唱生日歌，然后邀请我们去吃蛋糕。

徐妈妈说，生日必须有蛋糕，这才是生日，还要许愿吹蜡烛。

当时并不懂为什么，只是觉得羡慕，直到上初中之后，我在书上看到一个词——生活的仪式感。

我第一个想起的人是徐妈妈，还有她那座院子和她做过的食物。

2

大概是受徐妈妈影响，我也渐渐注重生活的仪式感。

爸妈生日，我会提前很久准备礼物，哪怕我只是个中学生，依然在有限的条件里给他们创造惊喜，我开始整理房间，收拾凌乱的书桌，早上起床第一件事就是把被子叠整齐，还在门口铺了一小块地毯，我妈进我房间时吓了一跳。

她一脸担忧地拉着我的手，问我是不是早恋了。

我爸夸我长大了。

我并不是想要获得他们的夸奖才会愿意收拾房间，而是看着自己收拾好的房间，会有一种难以形容的自豪感。

这个习惯，我一直保持到了大学，大概起了这个头，我越发注重这种仪式感，以及它带给我的快乐。

寝室里有个姑娘小枫也很注重仪式感，即使窝在寝室一天也会换套漂亮衣服，倘若出门一定会化个淡妆，总之，大学四年我从来没见过她蓬头垢面的样子。

有人说，仪式感是有钱人才玩的东西，普通人都忙着努力生活。

但在我看来，仪式感不过是在生活里加点儿细腻的点缀，让普通的生活变得更有趣，让回忆变得更美满。

仪式感也是正能量。如果难过的时候，换件漂亮的衣服，出门散个步，或者做一餐美食，心情立刻大好起来。

仪式感，是对自己内心的感染，并非做做样子给旁人看。世界上为什么会有那么多无聊的节日，我的理解是，是为了让我们从寻常生活里抬起头来，给自己一些犒赏，给别人一些温暖。

也许是受了徐妈妈的感染，我妈这些年也渐渐有了变化。

我妈之前从不主张出去吃饭，又贵还不卫生，现在周末会提出一家人出去吃大餐，还会和徐妈妈约着看场电影，回来的时候，做饭都哼着歌，看上去容光焕发。有一阵子，流行网上订花，我爸居然给我妈连着订了一整年的花，我妈兴奋了好几天。

也许，他们并没有在意自己对生活态度的变化，但是在我看来，这就是生活的仪式感。

节日需要仪式感，普通生活也一样需要仪式感。

仪式感，会让人从生存的层面一下子上升到了生活的层面，而这无关金钱和社会地位。

并不需要付出太多，就能从寻常生活里找到快乐，也让回忆更值得怀念。

3

仪式感也是我们对待生活的态度。

我从小住在小镇，推开窗看到的都是山川河流、乡村田野。初中有一年暑假，我去县城舅舅家里玩。第二天一早，我还没睡醒就被上高中的表姐叫起床，她带我出门吃早餐，然后去逛博物馆，我本对这些毫无兴致，但渐渐听表姐讲解也开始进入了氛围。那天我们在博物馆整整待了一个上午，下午我们又一起去了图书馆。

表姐说，她从十岁开始每天雷打不动去图书馆。

“你不累吗？”我问。

她摇头，笑着答：“不累啊，习惯了。”

当时小小年纪的我，忽然对表姐肃然起敬，我陪她在图书馆待了整整一个下午，竟第一次没觉得无聊。

在舅舅家玩了一个星期，本来憧憬着各种游乐场，却泡了七天图书馆。

后来，表姐果然考进了梦寐以求的大学，后来经常看见她在个人账号发表文章，参加各种社团，之后她还做了文学社社长，办校刊做阅读会，也会趁周末去做志愿者，充实且美好。

我才忽然意识到，每个人对待生活的态度，就是你未来生活的高度。

大概是因为对待生活的认真态度，毕业后的表姐一进公司就获得了上司的认可，后来结婚生子，一路顺顺当当。我特别喜欢去她家里，阳台上满满当当的花草，晚餐准备得精心细致，那一刻，我看着在厨房里忙碌的表姐，想起了徐欢的妈妈。

我忽然明白，也许注重仪式感的方式有很多种，每个人的方向都不同，但他们有一个共同点，浑身散发着正能量，总能让人看到希望。

那时候我就希望，有一天我也要变成这样的人。

4

现在，已经有越来越多的人开始注重生活的仪式感。

有本畅销书叫《生活需要仪式感》，里面说，无聊的生活中，平淡是常态，你总要找到一种新的方式，让自己度过无聊的日子。

对此我深有同感，在我开始注重生活仪式感之后，我几乎很少再感觉到无聊，总能找到一些有趣的事情来填补空白的时间。或看书，或看电影，或跟有趣的人聊天，一个人也会在楼下的花店里买一朵花给自己。

在平凡琐碎的生活中，给自己留存一丝诗意，即使遇到坏的事情，也会努力想让它变得更好，即使不能变好，也用一种最好的心态去接受。就像徐妈妈用破轮胎养的吊兰，用旧雨鞋养的铜钱草，本来已经是个废弃的物品，却经由她的手变成一处风景；就像表姐雷打不动地坚持去图书馆，都是对生活的认真态度。

小枫每次回老家都会带一些小礼物回来，不贵却暖人心，大学四年，寝室里的姑娘都异常注重仪式感，后来毕业很久，我们依然关系密切。

我们都知道这跟物质无关，生活的仪式感，会让你在你的生活范围内形成一个美好的小世界，不是应付人生，更不是打发时间，而是用来好好过，毕竟人生那么短暂。

有调查证明，注重仪式感的人，会更容易获得别人的好感和尊重，也会对生活、对人生更加敬畏与热爱。

总之，努力让自己活得鲜亮，不辜负自己，亦不辜负来人间走一趟。

内向的人，也能拥有高配的人生

文♥杨熹文

在现代社会，主流文化重视并推崇外向的特性，强调行动、速度、竞争和魄力。

性格内向，通常意味着孤僻、害羞、拘谨、反应迟钝、以自我为中心等，很难为大众所喜。内向者承受着巨大的压力，很多人被迫改变个性迎合外界。

现在，是我们的文化对内向性格加以认可的时机了！浅浅的溪流奔流迅速，较深的水域则较为平静。其实，安静的人们通常具有深刻的洞察力。

每一个人都是多面的，世界因此具有多样性。重要的是，我们要做到——悦纳天性。要学会欣赏自己的天性并恰当地利用它。无论内向还是外向，只要你向着天性努力，总会在未来获得意想不到的惊喜。

我从前一直以为，内向是种缺点，而不是一种性格。

长辈向人介绍我，手把着我的肩膀不无遗憾地说："这孩子什么都好，就是不爱说话！"

我自小就是个内向的人，童年时就喜欢离人群远远的，独自扮芭比娃娃玩一个人的家家酒；长大后除了与亲密的朋友保持联络，如果不是必需，则很少和旁人发生交集。

我看起来特立独行，却为自己的少言寡语感到自卑。我内心渴望被认同，期待做个欢腾的组织者，梦想自己能在十八岁就开始霸气的人生，然而沟通障碍长久地困扰着我。

我恐惧与陌生人说话，同人交谈前要反复思考。与走上人生巅峰相反，直到二十岁，我还在做三个人聚会时傻傻的听众。

大学时，我的专业需要做很多情况介绍，平均每一周就有一两次站在讲台上展示PPT（演示文稿）的机会。那时我是个独行分子，完全脱离班级欣欣向荣的气氛，每次上台前一晚才肯安下心来准备，第二天早上五点起来慌忙背稿子，然后捏着温热的演讲稿走向讲台，强装镇定，机械微笑，眼睛不时地从教室的一端扫到另一端。

我知道自己挺糟糕的，那些稀稀拉拉的掌声，一直是我医不好的心病。

然而一个晚上，一个不相熟的同学敲响了我的寝室门，她抱着一摞材料，面露羞涩："我下周要做情况介绍了，可不可以请教你，如何才能表现得像你那么自信？"

后来我听说过一句话：fake it till you make it（演久就成真）。

这句话大概解释了大学时，为什么一个自以为糟糕的我在强装镇定后得到了同学的佩服，也令我开启了之后的“假装自信”之路。

觉得无法胜任的工作，硬着头皮去尝试竟然得到了认可；以为不能售出的商品，带上笑脸推销竟然交易成功；担心没办法与其交流的陌生人，在主动接触后居然成为朋友；害怕不能好好经营的生意，告诉自己“我很棒”后竟有了转机……大多时候，经由假装的肢体语言表达出来的气场，会变成习惯的一部分。

很多和我一样内向的人，习惯性地抵触人群，渐渐地，让生活变成了恶性循环。

越害怕与人沟通就越拒绝沟通，结果自然是怀才不遇，处处碰壁。

从倾向自卑的内向型人格到靠有效沟通建立人际脉络，再到把它变成有力的工具，这是一条漫长的路，需要不断练习，持续超越自己，但这也是一条充满回报的路，它会让一个内向型人的才能最大化地输出价值。

我做过一个清洁生意，上个月我推掉了最后一个业务。但它帮助我在艰难时刻缴了很久的生活费，也是我从“有效沟通”获益的见证。这个背起吸尘器为建筑公司清洁的营生，市场标价一万纽币（约合五万元人民币）。最初，我零成本起家，靠推销自己，三个月内从一个业务做到六个，到最后有了雇员，第一次体验到“小生意人”的满足感。

直到现在还有朋友很惊讶我的生存故事，其实没有什么秘诀，抬起头，挺直胸膛，带上微笑，敲响门就是一条新的出路。那时只记得白手起家的偶像说过的一句话：“人一定要有主动与社会建立联系的能力，这才是创造价值的关键。”

只要勇敢踏出沟通的第一步，就会发现，外面的世界，大多是你熟悉的模样。

你有多自信，就有多幸运

文♥张二小姐

1

前段时间，莫文蔚在上海演唱会现场的一组照片火了，48岁的她，身穿肤色贴身礼服，不逊于模特的大长腿，没有一丝赘肉的曼妙身材，令人惊叹不已。

严格来说，莫文蔚不属于传统意义上的美女，但是，她的脸上始终洋溢着一种自信的笑容，加上闪闪发光的好身材，成就了她的女神形象。

莫文蔚曾说过，“我觉得一个女人美丽的标志就是自信”。

这种自信是哪里来的呢？从学生时代起，莫文蔚就每天坚持游泳，如果实在太忙，就跑步半小时，睡前坚持做30个仰卧起坐，如今不管工作多晚，都要坚持做完运动才能安心睡觉。在饮食上更是严苛，只要发现体重上升了，就不再吃饭，而是以苹果充饥。

如果说一副好嗓子源于天赋，几十年如一日地保持好身材，绝非易事。看看身边屡次减肥屡次失败的人就知道了。

有人曾说，永远不要小瞧一个保持好身材的女人，尤其那些明明过了青春年少，却依然美得夺目的女人，因为在看不见的背后，她们一定付出了常人无法想象的坚持和努力。

因为这些超乎常人的坚持和付出，才让她们拥有了成功与自信。

所以，当我们羡慕莫文蔚的好身材时，请记住：一个人无论拥有怎样的人生，自信，永远是女人一生最不可缺少的底色，你有多自信，就有多好命。

2

前一阵子，演员韩雪参加苏州女性公益年度大会“Deep Inside”（内心深处）环节，受邀做了全英文演讲。

她身着蓝衬衫、黑色A字裙，全程面带微笑，讲述了自己的工作、生活以及面对种种前所未有的挑战，如何做到突破自己，等等。英语标准流畅，发音堪称教科书。

她的演讲，不仅登上了热搜，连人民日报、光明日报、新华社等主流媒体也纷纷转发。这是韩雪继《声临其境》一人分饰八个角色嗨翻全场之后，再次刷屏。

在人们一片赞扬和羡慕声中，韩雪却说，自己没有什么语言天赋，不过是付出了200%的努力。

从大学的时候开始，韩雪就是为数不多的坚持上英语课的好学生。成为演员后，无论多忙，每天都要坚持学习几个小时的英语。她不打游戏，不刷微博和朋友圈，而是专心致志地学英语。

即使在片场休息，她也会见缝插针背上几个单词。有时候拍片到深夜两点，别人都急着去休息，她却要坚持把当天的英语作业做完才睡。

有一次，何炅和韩雪共同录制一档节目，因为两人算是老朋友了，所以约她录完节目后一起吃个饭，没想到韩雪当场拒绝了，说自己要回家写作业。开始何炅还以为韩雪是为不想去吃饭找借口，后来才了解到，她是真的回家写作业了。

正是因为这样严格的自律和坚持，才有了台上的光芒万丈与自信从容。

你的时间用在哪里，别人会看得见。你用来微信群刷朋友圈刷存在感，到头来只存在于虚拟世界里；你用来呼朋引伴逛街看电影打游戏，片刻欢娱之后，一事无成；你用来读书，学习一项技能，也许一天两天，甚至一年两年都看不出来，但坚持下去，时间久了，人与人终成天壤之别。

有人站在多大的舞台都可以自信满满，有人只能接受命运的残酷筛选。

3

可能有的人会说，莫文蔚、韩雪她们都是明星啊，明星的生活和我们普通人不一样。但是在我们身边，很多人都是从普通人开始努力，最终让自己变得闪闪发光。

第五季《奇葩说》开播后，很多人被一位90后“宝藏女孩”圈粉。她叫詹青云，哈佛大学法学博士。

她长得不算好看，但是海量的知识储备和流畅的表达，让她每次一开口，都自信满满，让人感叹“腹有诗书气自华”这句话，说的就是她。

记得有一期的辩题是“有一瓶可以消除悲伤的水，你要不要喝？”她从《西线无战事》到《霍乱时期的爱情》再到《美丽新世界》，引经据典，每一个例子都信手拈来，又恰到好处。

尤其她和陈铭那场关于“人类知识共享”的辩论，不时出现开尔文、量子力学、相对论、知识垄断……这样的词汇，被网友戏称为“神仙打架”，因为明明说的是中文，自己却听不懂他们在吵什么。

有人直言，每次看她辩论，都觉得自己特别无知，那一刻就特别想看书。

28岁的詹青云，2008年从贵州考入香港中文大学，一直读到博士，后进入哈佛读法学。20多岁的她，除了经济学、法学博士的头衔，还有一串不同凡响的关键词：2014年国际华语辩论赛邀请赛最佳辩手，《精彩中国说》冠军，“2018华语辩论世界杯”总冠军……又一个“别人家的孩子”。

很多人羡慕她渊博的知识和超级口才，詹青云说，打辩论这种东西不是一天的努力就有一天的收获，它的收获是累积和会突然发生质变的。这个过程我有过体会，所以我能做的，就是努力把一切做到最好。

一个读了万卷书，行了万里路的女孩子，浑身散发出来的那种见多识广的自信，是任何华丽服饰都无法比拟的。

俗话说："美人在骨不在皮。"自信的女人未必有沉鱼落雁的容貌，却有与众不同的典雅。

4

一个人因自信而流露出来的美丽，不会因为时光的漂洗而褪色，不会因为岁月的跌宕而搁浅，反而会在时光的打磨中，焕发出动人的光彩。

民国名媛郭婉莹，是上海永安百货创始人的小女儿。她小时候的生活是住洋房、学钢琴、读贵族学校、出入有汽车接送。长大后，嫁给了林则徐的后代，也是富贵人家，养育了一双儿女，生活美满。

然而，在那个特殊的年月里，她所有的财物悉数充公，每天要面对各种批斗，被剃头，被游街，被下放到农村干最粗最脏的活，养猪、挖河泥、卖咸蛋，50岁的时候，还被赶去刷马桶，导致双手严重变形……

当时，不少与她处境相同的人都选择了死亡，她不仅顽强地活了下来，而且并没因为屈辱的经历而变得愤世嫉俗、满身戾气。87岁的时候，她依然腰背挺直，身着合体旗袍，自信优雅，令人敬慕。

她说："我在那样的生活里学到了很多东西，要是生活一直像我小姑娘时候那样，我永远也不会知道自己的心有多大，能对付多少事。现在我有非常丰富的一生，那是大多数人没有的。”

一个自信的女人对生活充满热爱。即使再糟糕的环境，也能泰然处之，发现它的闪光点。

自信的女人永远会将命运掌握在自己手中，做自己的女王。她懂得生活的真谛。身处高处不自傲，身处低谷不自卑，永远以优雅平和的心态看待世界。

自信不是与生俱来的，需要一天一天的坚持，一点一滴的打磨。日积月累，坚持下去，你也会成为闪闪发光的那个人。

你退场的姿态，就是你的格局

文♥陶瓷兔子

1

一个做新媒体的朋友刚离职不久，在微信上拜托大家帮忙问问有没有合适的公司，想尽快入职。

我跟小姑娘打过两次交道，觉得她做事认真，能力也不错，就把她推荐给这段时间合作的一个平台，他们很快对接上，小姑娘欢欢喜喜准备坐收offer（录用通知），可那家平台的负责人，却偷偷来找了我。

一开口就是致歉，说小姑娘很优秀，但跟他们公司的定位不大吻合，所以很遗憾不能录用她。

这明显是个搪塞的借口，在我的再三追问下，那位负责人才发了几张图片给我。

那是小姑娘吐槽前公司的朋友圈：

天天晚上干到九点，周末单休还要加班，11点老板还会打夺命连环call（电话），完全没有自己的生活，这不是工作，这是剥削！

不就是弄错了一个文案吗？还要扣我钱，这公司是穷疯了吧？

老员工甩锅新员工挨骂，呵呵，这就是我们公司的文化。

连着好几条，都是她离职之后发的，点赞的人不少，有人在留言里打听那家公司的名字，她也不遮掩，如实相告。

“你也知道我们这行，本来做的就不是钱多事少离家近的工作，加班熬夜还是常态。她要哪天从我们公司走了，是不是也得在朋友圈把我们骂一通？”那位负责人无奈地叹口气。

“为了招一个人，坏了公司的名声，这责任我担不起，请你见谅。”

我表示理解，同时委婉地提醒小姑娘，最好能删掉那几条朋友圈，或者改成仅自己可见也行。

没想到她回得理直气壮：“凭什么呀？我反正都走了，受了那么久的气，说说还不行？”

对啊！反正都走了，没人能骂你了。

可是说了又能怎么样呢？除了吓走潜在的雇主之外，难道还能等到前公司的一句道歉不成？

2

一个做互联网的朋友，从毕业开始就在一家创业公司卖命，跟着老板一路从三个人的临时组合打拼到如今上百人的团队，漂亮地完成了很多盈利的项目。

去年年初，公司拿到第二轮风投融资，开始商量股权分配的问题，可是于公于私都该属于他的那一份，却无端缩了水。

不是不委屈的，他跟老板沟通了几次未果，正好猎头公司手上有一份更好的offer，他决定跳槽。

有次我们吃饭，席间有同行朋友听说了他的遭遇，纷纷替他鸣不平，有人支着让他把公司的机密文件拷贝一份，作为自己去新公司的投名状；有人主动提出在微博上替他曝光这家公司，让他趁早搜集一些对自己有利的证据资料，到时候来个漂亮的反手杀。

可无论大家怎么说，他始终摆手拒绝，说："我一毕业就进公司，从什么也不会到现在能独当一面，也是公司给我的平台和机会。虽然这样走了很遗憾，但也算是互相成全吧。"

他将所有与工作相关的文件归档整理好，手把手跟继任的小姑娘做好交接之后才走。

他走的那天，老板专程追出来递给他一个沉甸甸的大红包，他也笑笑接了。

那一点儿钱，比起他应得的股权不过九牛一毛，可那也不仅是钱，还是一个人的歉意与领情。

他本可以大闹一场，可以抹黑公司，可以报复性地格式化那个存有很多原始资料的电脑，甚至可以像电视剧里上演的那般drama（戏剧化），当众打开红包甩到老板脸上狠狠出口恶气。

可那除了证明他是个睚眦必报的小人之外，又有什么用呢？

他在新公司顺风顺水，几乎是以开火箭的速度做到了部门总监级别，有次跟公司的CEO（首席执行官）吃饭，感谢对方一直以来的提拔，而CEO一笑："你知道吗？一开始我其实并不敢把这么多东西交给你，是×××拍着胸脯跟我说你没问题。×××那是什么人啊，能让他说好的人，肯定得非常好才行，所以才让你试试的，你果然没让我失望。"

而×××，就是他前老板的名字。

这两句简单的对话，让他惊出一头冷汗。

原来CEO跟前老板是认识的啊，原来他们真的会在背后谈起我的啊。

每个行业的圈子都比你想象得更小，正是因为如此，离开时更需要体面。

3

前段时间看世界杯的时候，被日本刷了一拨好感。

日本队在跟比利时的比赛中落败，止步八强，遗憾地离开了世界杯的赛场，镜头扫过日本的观众席，一片悲风苦雨。

可哭完，遗憾完，他们还是坚持清扫了自己座席前的垃圾才离去，而日本队更是将更衣室都清理得干干净净才走，并用俄语在更衣室中留下一张小字条：谢谢你。

我自认为不是个粗心草率的人，每次无论是看电影还是听讲座，总能记着带走手边的所有垃圾。

但也有例外，有次趁着出差的空当去看了一场电影。身后一直有小孩子吵闹，电影院冷气也不足，熬完那场又闷又吵的电影，散场时看到前排丢着很多垃圾，我也索性将自己手上的零食包装放在了凳子下方，心里恶狠狠地想：以后再也不会来这家了。

因为再也不会来，所以才会生出不必负责的轻慢。

我是那种因为“反正不会再相见”而难免懈怠的人，可有的人，却是因为“反正不会再见”而更加认真地对待离别。

可是离开，仅仅是不再见而已吗？

或许，那也是你能留给别人最后，也是最好的印象。

它比第一印象，更能证明你是谁。

4

我的一位女友，从小学芭蕾舞，老师教她们谢幕：脚尖要微微踮起，身体左倾30度，鞠躬抬头微笑眨眼，就连挥手的幅度都有要求。

她不胜其烦，屡屡在退场时随便摆个pose（造型）完事，被老师拉出来特训谢幕三十次，她委屈巴巴地辩解：“大家都等着看下一个表演呢，谁会注意我们谢幕的姿势好不好看。”

而她老师的那句话，她记了二十年：“如何上场，靠的是本事，可如何退场，靠的却是态度。”

是啊！入场的时候，谁不是春风得意踌躇满志，恨不得将最好的自己端着捧着展示给人看。可退场的时候，却往往难免因为不会再见，不必负责的告别感生出懈怠和轻慢。

而对于大多数人来讲，那并不是不可为，而在于愿不愿意做。

你离开时的姿态，就是对自己最好的证明。

是否愿意在别人看不到的地方下功夫，才是一个人的素养之所在。

那是一个人的选择，更是一个人的格局。

正如《史记》中的那句话：善始善终，善作善成。

优秀的人正在慢慢抛弃你

文♥浪浪于江湖

1

昨天收到一个读者的留言，她说："我们宿舍都是塑料友谊，这个学期开始要上实操课了，我想找一个搭档，我问完宿舍的每个人，结果都被婉拒了。我觉得很伤心，为什么她们宁愿找男生一组也不愿意和我搭档？"

我安慰她："或许是别人早已经预约了。"

她说："还不是嫌弃我成绩差，嫌弃我懒，平时相处乐呵呵，没想到背后都是塑料友谊。"

人总是选择一个对自己有利的搭档，如果你成绩不好，还很懒惰，那么舍友凭什么要与你为伍？实操课通过两个人的默契配合才能高效完成，并且可以通过实验合作培养两人的团队合作能力。

我知道实操课是有绩点的，作为学生肯定想拿到很多的绩点，在选择搭档的时候，肯定会优先选择优秀的搭档，以拿到更好的成绩。

2

我是读工科的，大学实验室仪器数量不够，上课的学生一般都是两人为一组做实验的。宿舍有个爱睡懒觉的妹子，上课总是在玩手机，不配合队友做实验。开始时还有人与她组队，但是，后来每次都要出门去上实验课了，她还在刷牙洗脸，实验报告也是抄队友的，后来她就被队友抛弃了。

之后的日子，她总是一个人做实验，一个人记录数据，碰到不会的情况，也没有人一起商量，每次她都是最后一个离开实验室。她自己也意识到错误，每天调好闹钟，闹钟一响马上就起床。上课认真听课，认真做笔记，有不懂的地方立刻找老师问清楚，课外会查阅很多参考书。

接下来的实验课，每次她都是第一个完成的，并且把实验报告写得非常漂亮。到了下学期，又开了新的实验课，她邀请了之前的搭档，搭档很爽快地答应了。她拍着胸脯说："上个学期是我太坑了，这次我一定不会让你失望的。"

我们都是在一条路上走的人，如果走得太慢了，那么就会被同伴抛弃。如果你不努力追赶上去，只能被狠狠地甩在后面。如果不想被优秀的人抛弃，你就要成为一个优秀的人。

3

记得去年我刚进公司的时候，由于技术底子不好，竟然没有一个师傅愿意带我，每个工程师都在推托，当时我真的特别难过，觉得自己很没用，如果自己再优秀一点儿，也不至于沦落到这种地步。

在职场上有几年时间了，我很理解他们不选择我的原因。因为我的基础太差了，连基本的电子元件都不认识，画图更加一塌糊涂，加上我是个女生，在技术行业里，没有技术的女生是不被看好的。换成是我，我也不愿意去教这样的徒弟，要把一个毫无基础的新手培养成一个合格的工程师简直太难了，这必定要耗费他们大量的时间和精力。

由于工程师们都不愿意带我，主管只能为我指定师傅。别提当时我有多感激，师傅竟然愿意带我，虽然，他心里可能也是不乐意的，至少他没有表现出来。那一刻，我就告诉自己，我一定不要师傅失望，我一定要好好努力，好好完成任务，多为师傅分担工作。

每次师傅让我焊接board（板子）的时候，我总是第一时间完成，做不完就加班完成。每次帮忙做测试，我总是很认真地测试数据，记录数据，做好测试报告发给师傅。每次师傅给我布置的学习任务，我总是认认真真去完成，不懂的就及时向师傅请教。

通过了一年多的努力，我现在已经是师傅的好帮手了，之前没有选择我的工程师都有些后悔了，因为有些工程师选择的技术员工作上有些懒散，不认真。

当你还无法展现你的优势的时候，拿什么让别人去信任你？职场可不是讲人情的地方，大家都在选择对自己最有利的搭档，更高效地完成工作，超额完成KPI（关键绩效指标），以拿到更多的奖金。

4

我有一个同学也是半导体行业的，他告诉我，他之前重点支持的一家大客户，现在已经换成一个新手工程师支持了，而我同学是一个资深工程师。他说的这家大客户我也认识。

这家大客户曾经和同学的公司是风雨同舟一起成长的，但是，这两年这家大客户已经跟不上同学公司的脚步了，所以同学公司已经不把它列为重点客户了。现在是智能时代，半导体行业也步入了智能时代，传统的灯饰已经满足不了现代人的需求。但是，这家大客户依然做着传统的电源，这种电源市场上的需求慢慢在缩减，可是他们依然没有转型。

当同学公司慢慢减少对他们的支持，他们开始天天投诉抱怨，指出同学公司忘恩负义，以前公司还小的时候，哭着求着让他们买芯片，现在公司做大了，就开始忘恩负义了，不讲人情了。据我所知，同学公司已经很多次要求对方转型，但是对方依旧不动声色。

如果你无法跟上搭档的脚步，那么就不要责怪对方抛弃你。在这个竞争激烈的社会了，没有人有义务停下来等你。如果你也想成为优秀伙伴的搭档，除非你加快速度追上优秀伙伴的脚步，否则你只能被优秀的人抛弃。

低调，才是最了不起的才华

文♥李晓木

1

英国著名女作家J.K.罗琳在写作初期，并没有出版社收她的书稿，几经波折，《哈利·波特》成功出版并且意外畅销。

她说："这本书的畅销是经历赤贫和磨难之后，我仍不懈地努力和用善意去回馈世界的回报。"

让人们都意外的是，后来她居然不用"罗琳"这块金字招牌，而用笔名"罗伯特·加尔布雷斯"创作了侦探小说《布谷鸟的呼唤》，以毫无名气的作者的身份投稿。

要知道，以罗琳现在的名气和身价，她的小说必是各个出版商竞相争抢的，可以卖一个很好的出版价格和电影版权价格。

她能够绕过盛名带来的机遇，不惧把自己归零，让我们不禁感叹，这才是真正的低调。

罗琳说："我就是想告诉读者，改变困境不需要魔法，只要我们发挥出自己内在的力量，而非外在的虚华。”

深以为然。

身处这样一个凡事追求轰轰烈烈，张扬个性，崇尚高调的时代。你会发现一个有意思的现象，越是成大事的人，无一例外，他们秉持着一种低调的处世原则。

继而产生了一种奇妙的因果：“越是低调做人者，往往越能成就大事；越是功成名就者，往往越是低调做人的典范。”

国家科学院院士刘先林，出差坐二等座，并埋头工作；华为老总任正非，出差自带行李，坐经济舱……

他们都是能够抛开名利的局限，有着崇高精神追求的人，只在意自己真正的“专业”，眼界、目标因为高远，所以从不曾认为自己拥有所谓的成功，才没有自鸣得意之容。

原来低调，才是一个人最了不起的才华。

在时机未到时，讲究韬光养晦，隐而不发，有克制住自己言行的涵养。

唯有这样，才能在机遇来临的某一天，某个瞬间，不鸣则已，一鸣惊人；不飞则已，一飞冲天。

2

在《一个女人的史诗》中，我最喜欢的人物不是女主角田苏菲，而是她的情敌孙百合，她的每一次出场都让我感觉极其优雅。

有一次苏菲问大家：“你们看百合像不像达吉亚娜？”

然而，大多数人都还不知道谁是“达吉亚娜”。

但从孙百合的神情中，苏菲知道她是读过“叶夫根尼·奥涅金”的，原来她也有很深的文学素养。

她从不和别人说自己读过多少书，背过多少诗，那些书和诗，全在她的举止言行之中。

孙百合说：“别人说过我像刺杀列宁的女土匪。”

她知道自己美丽，就把自己往丑角上拉，用自嘲避开苏菲给她带来的“高调”。

作为一个才貌双全的年轻人，她不显才华、不露光芒，她太明白显露就会孤立，懂得收敛自己的光芒，避免刺伤别人和树敌；她从不标榜自己美丽，她也太懂得标榜就会招来嫉妒，让自己无法真正地从容。

读到此，我心里毫无疑惑地感叹：“孙百合的优雅，原来就是将优势隐藏深处，外表给人一副愚拙的样子，事事不显得比他人高明，却能不声不响，在不经意中绽放智慧和专长，什么事都做得很好。”

让人无法嫉妒也无法忽视，孙百合深谙这种和谐，会让自己始终得体而拥有“对人无害”之美，是内在山水和人性艺术相调和出来不紧不慢的优雅之道。

就像马德说的：“低调的人，一辈子像喝茶，水是沸的，心是静的。茶罢，一敛裾，绝尘而去。只留下，大地上让人欣赏不尽的优雅背影。”

真正的优雅，是低调生活。

3

行走在世间，我们已经太懂得人性，当我们展现出比周围人优秀的一面，人们大多数口头赞赏，实则打压。

你的优秀，刺痛了他们心中渴望优秀而不得的种子，所以唯有破坏你的优势，才能弥补自己心理上的劣势。

所谓“木秀于林，风必摧之”讲的就是这个来由。

我认识一个作者，当初决心写作，在朋友圈打卡，把每天的写作内容发在朋友圈，开始大家留言还是鼓励加持，后来大家开始诟病他的文章，写得幼稚、清淡，甚至还有人留言“不要再制造文字垃圾”。

一段时间后，这个朋友不再写了，他给我留言说：“想坚持一个爱好这么难呢！”

我告诉他，不是坚持难，而是努力的方式不适合他。

当我们水平还没优秀于大多数人的时候，我们需要的是暗自努力，不然你持续努力的姿态会刺痛很多正处于舒适区的人，你使他们不舒服，必然会嘲笑、非议于你。

所以，光有才华和热情还不行，还要有明哲保身的智慧，必须做到低调的自律，为“梦想”保驾护航。

真正做到低调的人，都是对自己有极强的控制力的人。

他们谨言慎行，不随波逐流，克服“爱秀”的本能，不放纵欲望，有所为，有所不为。

因而不被情绪左右，更不被名利得失桎梏，能掌控自己，也能掌控生活。

真正有智慧的人都懂得，低调，才是人生真正应有的自律。

4

高调的人，他们总是左右逢源，和谁看起来都很好，很用力地向外界表明自己的能力，但是我们心里都明白，都是利诱而聚，谁也不是真好；低调的人，跟谁都“淡淡如水”的，从不刻意向外界发出关于自己情感和行动的信号，但每个人心里都尊敬他。

高调的人，周旋于各种关系，人就变得很复杂，人一复杂就会疲惫；低调的人，只关注自我的世界，所以活得简单，人一简单就会快乐。

马德说：“复杂永远比不过简单。”

我也觉得：“高调永远拼不过低调。”

许多人所谓的低调，不过是磨难磨去了棱角，变得寡言少行，那不是低调，而是精神的早衰和个性的夭亡。

其实低调，反而是一个人真正的最好的保护层。

低调的生活里，我们活得务实、真实、没有负担。

我们的价值始终高于别人的估值，这样给自己的人生留有余地的努力，不累，真好。

CHAPTER 05

每个人都是座孤岛，但你并不孤单

孤独虽然很可怕，但在孤独的时光里总能快速成长。因为一切都得你一人承担。

当父母的年纪越来越大，你更要好好爱他们

文♥阿识学长

1

某天，有一位四十几岁的男人来到我们医院看病，结果做检查被诊断为早期胃癌。老师建议他住院治疗，抓紧时间做手术。

他犹豫了一会儿，然后问："那得花多少钱呢？"

我向他伸出五根手指头，告诉他说："你得先交5000块住院费。"

他一听到这个数字，连忙摇摇头说："这么贵呀，我哪看得起啊！"

尽管我们再三劝他不管花多少钱，这病都得治，可最后他还是默默地离开了医院。

下班后，我在医院门口看到他。他一动不动地蹲在地上，嘴里叼着一根香烟，看起来有些苍老。

我忍不住拍了拍他的肩膀。他回过头，看着我，眼睛略显湿润。

我问他：“刚才你怎么一声不吭就走了呢？这病真的不治吗？”

他慢慢地用手从嘴里取下香烟，然后深深地吸了口气，再把烟吐出来，可是他被呛到了，咳得厉害。

我想从包里拿出一瓶水递给他，但很快被他拒绝了。他说：“小伙子，我真没有这么多钱看这病啊。我的儿子刚毕业不久，在深圳工作，还没买房，也没有找对象。我种田供他读了十几年的书，根本没有一点儿积蓄。我总不能把儿子这几年辛辛苦苦攒下来的一点儿钱花光了吧？那他以后可怎么办啊？”

说完，他又缓缓地把香烟送进嘴里，然后闭上眼睛，开始不停地摇头，咳嗽。

我看到他的眼泪一直挂在眼角，既没忍回去，也没有往下掉的意思，像极了我们隐忍的人生。

做孩子最大的失败可能就是，在父母最需要他们的时候，却没有足够的经济能力和勇气承担父母的生老病死；做父母最大的痛苦可能就是，在自己垂垂老矣的时候，还要继续为儿女的生活劳心费力，负重前行。

2

在现实生活中，其实有很多人，不管是初出茅庐也好，年轻力壮也罢，都离不开父母的帮助和支持，有很大一部分压力都是父母在为我们默默忍受着，承担着。

年少时，我们读书得靠父母；成年后，我们工作了，也离不开父母；得买车买房了，也要靠父母；要结婚成家了，也要拼父母；就算是后来生儿育女，也需要父母帮忙照顾……

但你有没有发现，当我们的年龄在走上坡路时，父母的身体却在走下坡路。他们开始长出白头发，掉牙齿；开始变矮变瘦，容易生病；开始淘气，健忘……直到有天突然就离开了你，再也没有人喊你的乳名，再也没有人帮你带孩子，再也没有人等你回家吃饭……

有些事，父母不会说，是怕打扰到我们的生活。

有些人，我们不去问，是怕接受不了他们的事实。

我们的生活虽然各不相同，风格迥异，但是我们所经历的疼痛或者悲剧大概是一样的，都无法言表，难以说尽。

3

前不久，有一位女同事突然接到母亲的电话，说是父亲脑出血被送进医院抢救，急需一笔钱。

一开始，她不太相信，质疑她的母亲说：“我爸怎么就突然脑出血了呢？”

她的母亲回答她说：“你爸一直有高血压啊，这几年血糖也高，但他又舍不得吃药控制。前几天，尽管他的身体不舒服，也跑到外面做小工赚钱了。”

同事很生气，说：“他总是这样，真叫人不省心！”

“那他还不是为了你！”她的母亲在电话那头说得有点儿大声，我在一旁听得仔仔细细。

同事回过头看向我。我实在忍不住对她说：“晴子，你还是赶快回去吧！你爸这么多年也挺不容易的。他平时省吃俭用，有些小病小痛舍不得看病吃药，还不是为了攒一两个钱，在你需要的时候给你用。”

也许是我的话说进了晴子内心的缘故，她竟突然一把抱着我哭了起来。

她说：“阿识，谢谢你！我马上就带钱回家！”

那一刻，我好像看到她的父亲从病床上站了起来，然后笑着缓慢地拥入人群，最终找到了她。

4

我又想起那天一个网名叫“淡淡淡蓝”的姑娘在朋友圈写过这样一段文字：

某天和朋友聊天，朋友说想换房子，可是换了房子手头就没积蓄了。我说怕什么呢，还年轻，还每天有钱在赚。朋友说，不能不怕啊，我是经历过的人，我爸病重住ICU（重症加强护理病房），一天就6000多元，而且妈妈也曾经得过重病，虽然现在康复中，但心里始终不敢放松。

聊到最后，朋友泪流满面，说她30岁时就经历了很多本该四五十岁时才面对的事，每天都活得很恐慌……

著名作家村上春树说：“在大悲与大喜之间，在欢笑与流泪之后，我体味到前所未有的痛苦和幸福。生活以从未有过的幸福和美丽诱惑着我深入其中。”

我对这句话的理解是，当我们都得知自己的年龄在走上坡路，而父母的身体却在走下坡路时，我们也正好处在大悲和大喜之间。

大悲的是，不管我们怎么用力，怎么挣扎，怎么哀号，都无法阻挡父母老去的速度，他们都在向死亡靠近，有天一定会和我们永别；大喜的是，我们还能趁着自己足够年轻、足够坚强、足够勇敢，可以舍去自己的一段时间陪父母走完接下来的旅程。

在熙熙攘攘的人群中，我们有人正在经历悲痛，也有人正在开怀大笑；有人正在天真无邪，也有人正在垂头丧气……

其实不管是哪个人，处于怎样的年纪，他们一定都曾哭过、笑过、天真过、失望过、被帮助过，也被伤害过……但是都不应该被挚爱的人抛弃和遗忘，他们理应携手完成各自的使命，共同面对人生的各种挑战。

世上有些东西可以弥补，有些东西永远无法弥补。当你的年龄在走上坡路，父母的身体却在走下坡路时，你更要好好爱你的父母。

身为子女，我们还能拥有父母多少年

文♥端木婉清

1

我的父亲是聋哑人，听不见别人说话，也说不出自己想要表达的意思，但他聪明，什么事一点就通，心态也特别好。几十年来，他一直勤劳工作，努力生活，用赚来的钱养育我和妹妹读书成家。

在我的记忆里，父亲像松树一样青翠挺拔。我甚至都觉得父亲不容易苍老。所以每次回家，我总是看到他的微笑，看到他在村口的大树下等我们的欢乐身影。

这次要不是母亲打来多个电话说起，我都不知道父亲的身体有些不好了。尤其是牙齿。

母亲说："你爸爸的牙齿上下都快磨光了，这几个月一直喊疼，吃饭也吃得不好，去医院看了几次。我耳朵有点儿背了，而你爸也听不见医生说什么，交流很困难。"

母亲说："你这周回家吗？我在医生处留了你的电话，你回家的话就陪你爸爸去看看。”

其实几年前，我是知道父亲牙疼过一次的，近年来也陪他去拍过片子。我总以为他和我们年轻人一样，只是疼一下吃点儿药就好了，却不知这次那么严重。

更让我触动的是，当我回家陪着父亲去看牙的时候，突然发现他老了，是突然苍老的那种。父亲走在我前头，我跟在他后面，他原来挺拔的背有些微微驼了，过去紧实的皮肤松垮得厉害，走路步伐都不如过去矫健了。

父亲回头，看我有没有跟紧。我一瞥，发现他的脸都消瘦了好几圈，眼眶深陷，嘴角干瘪，原来乌黑的头发也多了许多银丝。

可我明明记得父亲是很年轻的啊，可我明明也经常有回家啊。

我忽然明白，我即便回家，也只是一种形式，看手机的看手机，看书的看书，玩的玩，并没有好好地陪他、看看他、问问他的安好。

才惊觉，父母的老去不像是一天天的，而像是一夜之间。

2

想起一个远嫁的读者娟子。她五年前结婚去了青岛，离家千里，本来觉得这点儿距离没什么，想回来看父母时一张飞机票就可以实现。可后来发现，这一张飞机票却是最难实现的事。工作调动了，怀孕了，孩子生病了……总是有牵绊。

娟子说：“那几年我太忙碌，总在为生活和家庭打拼，总觉得孩子太小经常生病不宜长途折腾；总以为父母尚安，可以再等等。所以我总想：等忙过这阵子吧！等孩子再大一点儿吧！等我们夫妻都有年假的时候吧……”

殊不知，再见时，妈妈已经重病卧床，来日不多了。

她在电话里哭着跟我说：“这不可能啊，我结婚时她还那么健康，只不过两年没回而已，我妈怎么就要离开我了？”

我说：“因为来日并不方长。”

就像朱自清在《背影》里描述的，他后来最不能忘记的是父亲的背影。他以为一别后很快能见到父亲，却不知整整过去两年，还是不得见。

那种怅然伤怀，只有经历过的人才能懂得。恨不得从前能在一起的时候，多一点儿时间在一起。什么争吵什么别扭，都成了日后不足一谈的灰尘。

3

我们年幼时，父母盼着我们长大成人。那时他们正年轻，是我们的超级英雄。

后来我们长大，为生活奔波忙碌。此时父母老去，最盼着我们能够经常回家看看。而我们却没了时间，总是说着忙过这阵子再回来，孩子大一点儿再来……

可是，人生却没有太多的改天可以等待。

记得看过一个采访。记者给路人一张表格，说这就是我们的一辈子时间。按照人的平均寿命75岁来算，一共只有900个月。对应这张表格，就是一个人的一生。

父母走到现在画去了多少格？生命还剩下多少月？按照我们一周回家看望一次的概率，我们和父母在一起的时间又有多少？如果相陪的时光再少一点儿呢？

是的，此生还能拥有父母多久？看看表格，仔细算算，细思极恐……

人生最怕子欲养而亲不待。

很多事都可以等，唯有爱与陪伴最不能等。

很高兴你能来，也不遗憾你离开

文♥老杨的猫头鹰

1

格子小姐使劲地咬着手指头，眉毛也锁得紧紧的。她才十七岁，好看的脸被忧伤拉大了一码。

成绩不错的她人缘不怎么好，唯一的闺蜜这几天突然不理她了，而格子小姐不知道为什么，她感觉对方像是在一夜之间变了一个人，前阵子还在一起说各自喜欢的明星和电视剧，现在突然间就陌生得叫人伤心。

到今天为止，对方已经连续三天不理她了，见面连招呼都没有。更让格子小姐觉得委屈的是，她追问了好几天，可得到的答复只有沉默。

今天早上好不容易有了回应，格子小姐竟然像是挨了寒冰掌。

她问："你最近怎么都没回我信息，是一直忙着学习吗？"

对方答："没有忙，就是不想回。"

格子小姐擦了一把眼泪，带着哭腔问我："我真的好难过，我那么在乎她，她却突然变成了现在这种语气，感觉就好像全世界都不要我了。你说，我到底哪里做错了？我到底哪里让她那么讨厌我？我到底要怎样才能让她对我态度好一点儿？"

我回答她说："我不知道具体发生了什么，也不知道是因为误会，还是因为她听信了谁的谗言，但如果对方既不想跟你说明原因，也没有准备听你解释，那可能问题不在你这边。你想想看，如果多年的友情敌不过一个未经确认的误会，敌不过一句未经考证的谗言，那这样的友情，不要也罢。"

格子小姐心有不甘地追问："可是……可是我们曾经那么谈得来啊，就这么一刀两断，多可惜？"

我回复道："友情确实很重要，但它的重要性是基于两个人同时确认。换句话说，你一个人再怎么努力都是徒劳的。"

你觉得委屈难过，原因除了失去了一个很在乎的朋友，还因为你在潜意识里认为自己吃了感情的亏。

概括来说就是，你觉得自己在那段岁月中倾情出演了，而她只在你的青春里友情客串。

其实，很多人都有过类似的经历，一个很好很好的朋友，突然就不好了，没有任何征兆和解释。

仿佛一起说笑、一起打闹，一起听同一首歌、看同一本书的事情发生在昨天，而此时，她的生活却与自己再无瓜葛了。

仿佛那个“假期一起出门远行”的约定一直记得很清楚，而此时，连微信里聊聊天气都似乎没有资格了。

仿佛在最困难的时候她说的那句“别怕，我陪着你”还有余音，而此时，连在朋友圈里给她点赞也需要反复掂量了……

我的建议是，不要因为结束了一段友情而陷入疯狂的自责中，也不要因为害怕没朋友而独自艰难地维系，你要学会平静地结束一段关系，而不是为了一份过了期的情谊，毁掉你对生活的热情。

不如趁着风华正茂，请自己先强大起来，锻炼身体，增长见识，提高本事。

你只有先变成一个很优秀的人，你才有可能遇到一些不需要靠取悦来维系的朋友。

一切后会无期的事情，时间都是始作俑者，一切后会无期的感情，时间兼职着导演和编剧。

时间安排了很多人从你的生命中走过，有的给了你一记响亮的耳光，有的给了你一个甜蜜的拥抱，有的只是一面之交，便各自天涯，有的则是留下谜一样的微笑，然后不辞而别……

原来，那些人不是非得从自己的世界消失了，才算后会无期，而是存在于同一个世界，却与自己再无瓜葛。

其实，友情和奶油、蛋糕、汉堡、可乐一样，都是有期限的。

一个人的喜欢能持续多久呢？

再好听的歌，听几天也腻了；再美味的食物，吃几次也想换换了；而人这个物种，能遇见，然后被喜欢这么久，也够了。

什么都会变的，不要浪费时间去感慨从前。

2

姗姗买了一个十几寸的双层蛋糕，可其实是一个人过生日。

她想让这个生日显得热闹一点点，可实际效果是显得更加冷清。

把时间往前推三年，姗姗的生日就会很热闹，一大群朋友送各式各样有心又有爱的礼物，然后一起唱生日歌、吹蜡烛、安静地等她许愿，吃完饭还会去打游戏、唱歌。

可高中一毕业，她和这群朋友的人生路线就像是交叉之后的直线，越来越有距离感。

因为她去了异地的高等学府，而那些朋友多数留在了家乡。

刚开始的那几年，她们还会在假期聚会，在微信里互相关心彼此的学习、感情和生活，可后来，姗姗逐渐插不上嘴了，因为她们不是聊最新的电影电视剧，就是聊谁谈的新男友，又或者谈明星八卦，而姗姗对这些既不擅长，也完全不感兴趣。姗姗想给大家说说异地他乡的风土人情，她们同样不感兴趣。

在我给姗姗发了生日祝福短信之后，她跟我吐槽了一下她曾经的这些好朋友，并说了一句心情很复杂的话："我也好想变成她们那样的人，无所事事、没有压力，然后去参与她们的讨论，说她们感兴趣的明星偶像或新电影，可我做不到啊。我要写论文，要参加社团活动，要为考研、考博做准备，要为自己的明天努力拼搏。我的时间、我的理性、我的喜好统统不允许我变成她们那样的人。"

我说："如果我没猜错的话，你其实在心里还是很爱她们的，只是你现在已经不喜欢她们了。不是她们选择了和你疏远，而是你在不自觉地和她们保持距离。她们没做错什么，你也没错。这怨不得谁，各有各的人生追求罢了。"

本来就是各有各的前程，何必绑着彼此讨要缘分？

人生长着呢，而时光的河水又太湍急，免不了把很多人、很多事冲个干净。

之后的20岁、30岁、50岁都跟这个不请自来，然后不告而别的人没什么关系了。她啊，终究只是中途来陪你一程的过客，由她去吧。

哪怕此时的朋友数量寥寥无几，哪怕你正在被某个小团体边缘化，哪怕你不知道此时最火的连续剧是什么……这些都没关系。

有关系的是，你不能让自己的生活被"看似很重要，其实是费力不讨好"的友情所拖累，更不用担心有什么队伍必须要跟上去。

如果说真有什么是值得去赢的，你应该赢得尊重，而非苟同。

关于友情，最好的心态是，很高兴她能来，也不遗憾她离开。因为是你的不会跑，不是你的，跑了更好。

你要做的，是珍惜那些愿意留在你身边的，尊重那些愿意与自己交心的，至于其他的，敬请错过。

被孤立的那些日子，先抱紧自己

文 ♥ 马小聪

1

微信收到一条消息，是学妹阿胶发的，很长很长一段话，她说：“我今年高二，每天都在很努力地学习，去年结交了两个朋友，刚开始处得挺好的。慢慢地，她们两人玩游戏，我不玩；她们两人去逛街，我不去；她们两个人一起逃课，我不逃；后来，我被她们两个孤立了，她们在背后说我很孤僻、不好相处。平时一起走在路上，她们两个人谈天说地，而我却时常佯装微笑。”

她还抱怨说，自己究竟做错了什么，感觉全世界都抛弃了她，身边没有一个可以倾诉的人，接下来的路怎么走，真的不知道该怎么选择——她只是不想去虚度光阴罢了，只想靠自己的努力去考一所好的大学，难道这有错吗？

听了她的故事，我犹豫了很久，或许在生活中，如果某两个人在一起玩，忽略了第三个人，这第三个人肯定会特别难受吧。

2

我也有过这样的经历。

那时，跟两个好朋友走在路上，突然，鞋带开了，我停下来说了句：“等一下，我先系个鞋带。”我以为她们两个会在旁边等我，并调侃着“出门鞋带都系不好”之类的话。可一抬头却发现她们两个人走得越来越远。每次说好的一起出门，她们两个聊得热火朝天，而我站在旁边就像配角，插不进她们的话题。

还有一件印象最深刻的事情就是，晚上我那两个好朋友偷偷出去吃夜宵，吃了很久觉得吃不完了，倒掉又有点儿可惜，于是打电话叫我过去解决掉。

讲真的，说不上来的失落感涌上心头，但不知为何，见到她们时，还是会笑脸相迎……

每次我最害怕的就是，公交车上的两人座，上楼梯时同排只能走两个人，以及上体育课时的双人游戏……

一到分组的时候，我就开始紧张，不停地质问自己，我会不会是被排挤出来的那个人？

有过类似经历的女生最清楚不过了，最讨厌的就是三个人时，突然另外两个人讲起了悄悄话。

3

我上大学的时候，有一个很好的朋友刘小姐。起初我们两个人的时候，形影不离、无话不说。是那种每顿饭都要一起吃、每条路都要挽手一起走的关系，在感情上，我们彼此没有顾虑，更多的是信任和包容。

随后的一段时间，我看见同学小小每天都是一个人，一个人上学，一个人吃饭，一个人去图书馆，我们虽不同寝，但也是一个班的，作为同学，总不想看见她这么孤单，便把她介绍给了刘小姐认识，她们两个也很投机，没过几天，我们开始了三个人的友谊。

不知是过了一个月还是两个月，我隐约发现这段友情有了些许微妙的变化。刘小姐不再每天找我吃饭，我一忙起来，小小跟她的关系走得特别近。

之前老师安排两人一组完成任务的时候，从没有想过我会有落单的那一天。三个人的友谊开始后，我失去了那份独一无二的安全感，一到分组完成作业时，会变得极其敏感，总想着三个人在一起，有一个多余的，我会不会被排挤出去。

最后还是因为自己太过善良，一次又一次地说着："咱们三个人，你们两个人一组吧，我去和老师做搭档。"

后来，也有了太多这样的话：你们两个人先去吃饭吧，我还有点儿事情；要迟到了，你们两个人先走，我随后就到；你们两个人去逛街吧，我周末还要去上课。

……

当三个人有空再聚起来的时候，我发现她们两个总在聊天，我却一句话都插不进去，一个人默默地走在旁边。

4

总有那么一个安静的人，像是盘底的洋葱，永远是调味品，聆听着其余两人谈笑风生，在她们吃着玩着今晚多开心的时候，配合着笑得合群。

写着写着，我突然想到一幅画面：三个人牵着手一起走，在前面一条窄巷子里突然停了下来，其中一个人毫不犹豫地放开你的手，拉着另外一个走在前面，而你却只能慢腾腾地走在后面。

你沮丧、心酸、无可奈何，而那两个人手牵着手有说又笑，丝毫不会在乎你的感受。

三个人的友情总会有一个人受伤， 另外两个人时常以朋友的名义把你孤立得彻彻底底。

有一次，我难过失落甚至绝望至极，在情绪失控的情况下，跟她们把内心所有的怨气和不满通通说了出来。

原来，她们现在眼中的我，不愿意去融入她们，不肯花时间去培养这份感情。

然而我却觉得，自己默默付出了很多，她们的态度让我心寒，觉得自己做再多都是徒劳。

三个人的友谊，哪怕即使都是好心，总会面临一些不必要的误会，任何一段关系都是需要用心经营的。

通过那次谈话，我们的误会也解开了，我知道友情要细心灌溉，她们也理解了我。

5

也许很多人会说，三个人同行，不仅拥挤，还很心累，所以我选择退出。

在现实生活中，我们或多或少都会遇到处理三个人的人际关系，但逃避往往不是解决问题的最佳方式，唯有迎难而上才会迎刃而解。

那怎样才能维护好三个人的友情呢？

千万不能绝交，适当地保持一定的联系。

如果你被孤立了，首先要从自己身上找原因，不要过度活在自己的世界里，如果另外两个经常联系而你从不参与，时间一长难免会失去和他们的共同话题，感情也会慢慢搁浅。

在对待感情方面，沟通和交流是最好的支柱，再好的友谊都是需要付出精力去维持的。

三个人的友情里，我不希望你活成一副委屈的模样，即使学习再忙、工作再辛苦，也别忘了和你的朋友一起坐下来聊聊天，吃吃饭。

我也不想看到你们活得那么功利且自私，本来很好的三个人，只因为其中一个人在各方面都超过了你们一大截，嫉妒和恐惧涌上心头，下意识地开始冷落和排挤她。

在这份感情里，倘若有两个人关系密切，别忘了多照顾下第三个人的感受，那个人在心里一定会超级感谢你！

我也曾经被孤立过，我懂得那份凄凉和无助，正因为我经历过，所以我不想让这份不堪的经历去困扰更多的人。

感恩身边遇见的每一个人，且行且珍惜，此生，足矣！

人与人相处，最重要的是这四个字

文♥婉 兮

1

读者小A来找我倾诉，因为她和她的两个好朋友都闹僵了。

同时闹僵两个人？我略疑惑，细问后，却有点儿哭笑不得。

原来小A有两个闺蜜，分别是鹿晗、吴亦凡的铁粉。有一天，三人相约着喝奶茶，聊着聊着，就说到了各自的偶像。

甲翻开鹿晗的照片向两位好友展示，嘴里啧啧称赞着好帅呀，简直无人能及。

乙便不高兴了，因为这句话否认了吴亦凡的颜值，她开始据理力争，试图说服对方。谁料甲也较了真，最后吵得不欢而散。

小A看在眼里急在心头，忍不住当起了和事佬。结果两人的态度出奇一致："你要是跟她玩，就当没我这个朋友。"

她便恼了，干脆撂开不理，可心里又憋屈得很，所以找到了我。

忽然想起少年时代的我，也很热衷于这种似是而非的辩论。

20年前，《还珠格格》红极一时，小伙伴们都在讨论，小燕子和紫薇到底谁更美。

阵营被迅速拉开，我们在课外时间争分夺秒地打起嘴仗。小孩子讲话没轻重，辩论一不小心就上升为人身攻击，最后竟吵到互不理睬，甚至拳脚相向。

长大后才明白，其实每个人，都会有一套自己的评价体系，它建立在各自的成长背景与审美倾向之上，有时根本没有对错之分高低之别。

你爱吃苹果，难道就可以诋毁香蕉吗？

2

世上没有两片完全相同的叶子，也没有想法完全相同的人，哪怕你们是至交好友。

我和我的闺蜜晶晶，从小一起长大，却是完全不同的人。我们喜欢的东西，从来都不一样。

从前我们手挽手上街，她喜欢买一些沙画泥画，沉浸在做手工的快乐里；而我热爱美食，零花钱全部换成了糖葫芦或麻辣烫。

到了高考填报志愿时，晶晶选了省内的师范院校，而我怀抱着记者梦远赴千里之外的大城市。

她说：“我只想回家乡当老师，安安稳稳地过一生。”

但我渴望着踏遍天涯路，像闾丘露薇一样长成战地玫瑰。

再后来，她在众多追求者中选了家庭条件殷实的一个，然后生儿育女，过起了包租婆的逍遥日子。

我们再也不可能像儿时那般形影不离，因为我对育儿话题毫无兴趣。而她，也不是很能理解我张口闭口提起的自媒体。

成长意味着渐行渐远，毕竟我们有各自的家庭背景和人生际遇。当初那两张相似的白纸上，已被时间之手描绘出完全不一样的风景。

但我们没有因此而疏远。

因为我们都能理解对方的改变，一起吃饭聊天时，学会了自动摒弃那些话不投机，而把重点放在共同话题和兴趣上。

观念和思维并不是衡量友情的唯一标准，用心和用情才是。

3

讲真的，人类有排斥异己的本能。因为人人都有思想，思想一杂，就免不了碰撞。

几乎所有人都会下意识地认为自己的看法高人一等，输出自身观念的欲望与生俱来。对意见不同者，甚至会抱有本能的敌意。

有些事情，的确是有是非黑白可辨的。比如朋友小偷小摸品格低劣，那便果断说再见。

可有些事情，却真的犯不着上纲上线。

比如你爱吃西餐，朋友却热衷于路边摊，这并不能构成道德层面的高低之别，更没必要争输赢论胜负。

我有个大学同学小Y，特别喜欢看英剧，尤其是《唐顿庄园》之类的大制作。

而同寝室的另外三个女孩都对英剧不感冒，她们一个沉迷韩剧的生死恋情，一个热爱国产剧的婆婆妈妈，另一个则爱好电动网游，对电视剧没有丝毫兴趣。

开始时，小Y不断地向舍友们推荐自己的心头好，“这是最优秀的电视剧了，服饰华丽、场景优雅、底蕴深厚，伦敦腔讲起来也派头十足。”

大家耐着性子陪她看了几集，却都提不起兴趣，又纷纷钻回自己的小天地。

小Y心里气恼，讲话便有些不中听：“瞧你们看的都是些什么垃圾！”

室友们嘴上不说什么，暗地里却渐渐疏远了她。

小Y委屈至极，不得不用“兴趣不同，不必强融”来安慰自己。可总是有些不愉快的，待在寝室里时，总有些郁郁寡欢的伤感。

这大概也是集体生活中最常见的问题之一。

那些来自五湖四海的同学，生长于不同的家庭，经历过不同的悲欢离合，他们的观点和偏好，根本就不能统一在同一标准之上。

事实上，正是差异性催生了多样性。假如没有各式各样的喜好，也就不会有丰富多彩的大千世界。

4

从前我也笃定性格不同无法相融，对与自己看法相左的人，总会有意无意地露出些不屑来。

直到我认识了一位姓张的老师，他是70年代末走出乡村的知识分子，是本地小有名气的作家、书法家，平日里喜好舞文弄墨，煮茶论史，是名副其实的风雅之士。

每个月都有那么一两天，他会专程抽出时间，和老家的儿时玩伴聚会。

每当这时，他会脱下衬衫甩开臂膀，和一群目不识丁的农民拉家常喝大酒，说的也都是乡村俚语。

“几十年过去，其实我们的共通语言已经不多，可就算插不上话，我也会认真去听。我认为，这也是一种修养。”

他在一次笔会上谈论此事，我坐在人群里听，忽然感觉豁然开朗。

活到了最高境界的人生，一定是把世间风景人情都看了个透彻。所谓的高低与好坏，又何来清晰分明的界限？

大部分人的思维观念，其实都建立在他的阶层背景与经历中，对此，我们根本无须评判。

可在人际交往中，我们最常犯的错误就是以己度人。

同处一个班级的同学，你看不惯我积极向上，我却觉得你浪费时间。而客观事实或许只是性格上的奔放与内敛之别，却并无对错之分。

性格、兴趣不同，当然不必强融。

但人不是孤立的个体。

就像爱因斯坦所说：“宽容意味着尊重别人的任何信念。”

人际交往的窍门，概括下来无非是这四个字：求同存异。

和与我们相似的人相处固然不累，但人生不可能事事顺遂。你总会遇见一些人，和你走在完全不同的轨道上，观念想法都背道而驰。

此时，你最需要做的不是据理力争，而是理解、接纳并尊重他人和自己的不同。

刻意保持距离，是人与人关系最高的境界

文♥洋气杂货店

1

午饭后休息时间，一个同事跟我们讲解家庭和睦之道，他说人是感情动物，容易日久生情，因此他除了上班以外，时间都用来陪伴老婆和女儿，和其他女性均保持一定的距离。

坐在旁边的我只顾笑着，没有说什么，却觉得他说得很是在理。

物理上的距离在一定程度上可以控制心理上的距离，而合适的心理距离才会最大限度地维持一段自己在意的关系。

空出一段距离，人与人之间才有足够的缝隙，生活才能游刃有余；生活有了缝隙，阳光才能照进来。

2

近几年发现，很大一部分年轻人更愿意一个人住在远方的城市，即使孤独、无助也不愿回到关系网复杂的家乡，我想这和不同地方人

与人之间的心理距离有关。

回到家乡，我时常能看到身边的年轻人被亲戚包围起来问题式攻击，苦不堪言，自己偶尔也会被重伤，未能幸免。

这些亲戚带着有一点点关系的身份，对年轻人的各种隐私进行打探，也许她们内心并没那么关心，仅仅是好奇，而这份好奇已经冲破了人与人之间最合适的心理距离。

现代城市的意义就是使人有能力毫不相关，我们的感官被过于短暂的相关碾轧，接收并释放部分愿意被透露的生活，完好地保持着大家事先设置好的、心知肚明的舒适距离，每个人都孤独且安全地活着。

办公室里，人与人即使靠得再近，都不会问婚姻、薪资等隐私问题，相安无事首先是自身感到安全。

我不是讨厌与人接触，我觉得，和人保持距离，比较像一种体谅或者防御。这种体谅在成人世界中的表现是他们从不会去打探或窥视别人的私人世界。

3

网络时代，我们总会隔着屏幕去喜欢很多人、崇拜很多人。

在我看来，一个人之所以崇拜另一个人，主要是因为不曾相见，不常相见，或者不怎么沟通，七八分的隔膜，如梦如幻，若即若离。当然并不排除对方真的是一个优秀到发光的人，很值得我们去喜欢。

随着年龄渐长，我所看到的外面的世界是，很多人确实有着令人赞叹的才华，可人品却在销蚀他的才华带来的正面影响。

有时候我们会去喜欢这样一个假想的人，并将其作为目标、偶像甚至是暗恋的人，而一旦在现实中相处，可能这份喜欢会被真实耗尽，回不到过去，还颠覆了过去。

有多少感情始于暗恋，终于相处：他和我想象中的不一样。

偶尔刷刷微博的自己看到各种明星出现负面新闻，热门评论不外乎是震惊和失望，之前的好感不过是距离和包装造成的。

那些光彩的人现实中品行可能无法直视，而那些被忽视的普普通通的人却可能美好得让人感动。

某个读者曾想去见一见钱锺书，深谙此理的钱锺书这样回复喜欢他作品的读者：如果你觉得鸡蛋很好，又何必要认识下蛋的母鸡呢？

《送你一颗子弹》里面有这样一句话说出了大多数人的心声：很多时候我很懒，懒得经营一段关系，还有一些时候，就是爱自由，觉得任何一种关系都会束缚自己，当然最主要的，还是知音难觅，我老觉得自己跟大多数人交往只能拿出自己的一个维度。

人的一生差不多只有两三个精神挚友，多了就不是了，剩下的不过是在安全的距离内你来我往，江湖义气罢了。

4

距离感究竟有多重要？

人是社会性动物、群居性动物，却十分需要独处的个人空间，远离纷扰的生活。

鲁迅说，楼下一个男人病得要死，隔壁的一家唱着留声机，对面是哄孩子，楼上有两个人狂笑，还有打牌声，河边的船上有女人哭着她死去的母亲。人类的悲喜并不相通，我只觉得他们吵闹。

悲喜不在一个频道的人无法成为朋友，相反还会心生嫌隙。

小时候家里房子不大，我没有自己专属的房间，只能在客厅里写作业，老爸很喜欢听歌，更喜欢声音外放，用他买来的挚爱的音响。

或许是年代问题，在他听来美妙的歌曲在我听来就是噪音，我听不懂那些情感的表达，相反觉得刺耳，一分钟都忍受不了，以至于我多次跑去关上，他多次重新打开，最后两个人都生起气来，只能靠老妈来调解。

每个人都有属于他自己的孤独，所谓的心心相通，都只是一场误会而已。

前段时间看了《无声告白》这本书，女儿莉迪亚并不喜欢医学，而母亲却想让她成为一名医生，生日礼物也总是送她专业书，然后问一句你喜欢吗，一直害怕母亲离她而去的莉迪亚很没有安全感，她总是这样说："是的，妈妈，我喜欢。"

亲如母女，也不可能总是有相同的想法，这本书告诉我们，我们的梦想和父母的期待有可能是相反的，而我们终此一生，就是要摆脱他人的期待，找到真正的自己。

找到真正的自己，就需要把中间的距离明确地留出来，告诉他们：你别闯进来。

友谊的最高境界，是用合适的距离守护彼此的孤独，这份距离离不开懂得和刻意为之。最好的亲情和爱情一样，都需要给对方留出一定的空间，即使关系再亲近，人都是独立的个体，拥有独立的思想和感受。

5

保持距离，分清自己和他人，是一种分寸和尊重。

如今我和两个女生共同住在一个公寓里，洗衣机共用，隔壁的女生每次进房间洗衣服，都会首先敲门或者跟我们说一声：“我要进去用洗衣机啦。”

我们都知道这句话不说也可以，说了，得到的答复也只有好的，却保证了三个人日常相处的和谐，以至于我总是在背后夸奖她：“我们的室友真的很好，相处起来很舒服。”

人们总是喜欢花园里那些姹紫嫣红的花朵，娇艳欲滴，相较这些花而言，我更想像树一样独立地活着，笔直地往上冒，和其他树隔着适当的距离，不去遮挡他人的阳光，也不和其他树缠绕在一起。

喜好不同的人，还能做朋友吗

文♥陶瓷兔子

一个刚上高中的小姑娘跟我抱怨宿舍生活，气呼呼的，说准备找老师要求换宿舍。

她怒气的集火点是宿舍里那个家境优渥的小公主，带着几分轻慢和几分矛盾的嫉妒，跟我历数“小公主”的种种不是：她特别奢侈，桌上摆的脸上搽的化妆品，都是三四位数一瓶的大牌；她每天不到十点就拉上帘子睡觉，一点儿也没有重点班学生应有的拼搏和自律；她特别会讨好同学和老师，总是拿零食贿赂人，特虚伪……

眼看十根指头都要不够用，小姑娘像大人似的长叹一口气：公主都要把宿舍其他几个人收成同盟军了，我可不愿意跟着她们混，我想换个宿舍，跟自己合得来的人相处。

末了，她说：“喜好不同，真的强融不来。”

我理解她那句话背后的理直气壮，跟与自己不同的人相处总是累的，神经绷紧五感全开，每一次点头都藏着不情不愿的妥协，每一点儿分歧都被无限放大，逐渐成为让你难以入睡的在背芒刺。

的确，人只有跟与自己相似的人交往，才最轻松。

但有时候，正是这种轻松才最为可怕，你用自己的喜好筛选着身边的朋友，在熟悉的群体中自以为如鱼得水，却往往忽略一个重要的事实：那保护你的舒适感，同时也在隔绝你，当你交往的所有人都像是自己的分身，你的世界也就贫乏到只剩下你一个人。

安全，轻松，但想想也蛮无趣的。

走一样的路上下学，单曲循环同一首歌，永远聊着类似的话题，每一天都像是循环往复。

那大概也不是你想要的人生吧。

人生一世，要的也不仅是安全，我们还需要丰富的经历。

我喜欢的作家马尔克斯讲过这样一句话：Life is not measured by the number of breaths we take, but by the moment that take our breath away.（生命的质量不在于你活了多久，而是那些令人怦然心动的精彩瞬间。）

有趣的是，这种让人深吸一口气屏住呼吸的精彩瞬间，往往又是那些喜好不同的人带给我们的。

我仍然记得自己第一次在高山上看到日出的经历。

那是高二的秋天，班里一个女孩在早读的时候，神秘兮兮地向全班同学发出了爬山的邀请。

我当时想也没想就拒绝了，一方面因为不擅长运动，但更重要的是，我真的不喜欢这个女孩子。

她跟我也太格格不入了吧。

总是咋咋呼呼，总是嬉皮笑脸，考试成绩总是停留在不上不下的二十几名，对自己未来的规划是做全职主妇。

我是老师器重的班长，又自以为胸怀大志，对她浑身上下露出的那种混不吝和不上进有种天然的鄙视，我至今还记得自己的那声冷笑：有这个时间，还不如多做几道数学题。

但终究还是没能顶住她“厚脸皮”的软磨硬泡，在一个晴好的周末，我们一行人由她父母带着，爬了四个多小时到了山顶，支着帐篷一边玩扑克牌一边等日落。

那一路上，听着她跟父母没大没小地插科打诨，一边又笑嘻嘻地回过头问每个人累不累冷不冷，在我见缝插针拿出课本时从我背后忽然把书抽走：“爬山你还带课本啊，班长你可别学成书呆子了，你看那边，多漂亮。”

我顺着她的手指看过去，远处层林尽染，红黄绿交织成茫茫的一片，太阳将出未出，一层蒙蒙的金光笼罩整片山林，像是有生命一般，随着山间稀薄的雾气缓缓移动。

我看着那样的景色，忽然心里一动。

她好像也没有那么讨厌吧。

她只是跟我不一样而已。

但年少的时候，谁又不是这样呢？

把一己好恶当作判断是非的标准，用自以为是的标准筑起一道心墙，那挑剔中还带着一点儿傲慢：我才是真理，不同意的人都有问题。

我甚至因为曾说出了那句“有这个时间还不如做题”而心生惭愧。

目睹那样的景色，远比解开一道三元二次方程带来的满足与震撼多出太多。

而那个让我屏住呼吸的时刻，是一个与我完全不同的人带给我的。

那一刻，更多的其实是庆幸。

还好这世界上，还有人与我不一样。

另一件让我特别触动的事，是在工作之后，我和一个女同事被分到同一个项目，项目才开工第二天，我就一个头两个大。

我的女同事像极了聒噪的花孔雀，爱八卦，爱显摆，在电梯里遇见老板会娇滴滴地抱怨：“昨天那个客户代表特别难搞，我们俩可是熬夜改了三版PPT才争取到的签字哦，黑眼圈都出来了。”

老板闻言露出体恤的微笑，而我鸡皮疙瘩已经掉了一地。

我们之间的矛盾也不只是感觉上的不对路，在合作的时候，我更看重推进项目的速度，但她更关注的却是如何在老板面前邀功。

我自诩为一个“实干派”，十分看不上她这种花样邀功的手段，为此跟她甩过很多次脸色，甚至赌气地想过自己一个人来做。

就这么磕磕碰碰到了项目完工，我打定主意以后再也不跟她交往，当月的工资单上却多出了一大笔奖金，比之前的项目奖金都高出很多。

老板专门把我叫去慰问：“总是听××说你们俩在加班，这个项目不容易，真是辛苦了。”

说实话，那并不是我做过的最难最累的项目，之前更辛苦的加班熬夜也不是没有，只是我们自己不说，就也一直没有被看到过。

可她不一样，她不是我这种只会埋头干活的锯嘴葫芦，我一度最厌恶她的邀功和聒噪，却也成了她这一特点的受益者。

团队合作中，总是需要一个来放烟花的人，有了她引来的光，那个默默挖下水道的人才能被看到。

从那次开始，我在跟我喜好不同的人打交道时，开始慢慢学会调整自己的态度，从“如何让你知道你错了”到“有什么事我做不了，但是你能做”。

我很不喜欢用“强融”这个词来形容人际关系，因为它本身就带着一点儿委屈和被动，本质上还是“要么你服从我，要么我顺从你”的二选一。

我也见过不少绞尽脑汁想要“强融”的人，无论是拙劣的模仿还是无底线的讨好，努力想把自己变成跟对方一样的人。这样的努力让人看在眼里，总觉得有种说不清的费劲。

强融强融，要么委曲求全，要么用力过猛。

可人与人的相处不必如此，除了服从和被服从之外，还有互补和配合。

她买昂贵的化妆品，你无须鄙夷，也可以耳濡目染地长长知识；她讨好同学老师，你不用模仿，但也可以留意学习打开谈话的技巧；

当你不再以自己作为标准来衡量他人时，你才能看到别人的好。

一个人的成长，靠的从来不是远离一切与自己不一样的东西，而是学会与那些不同共处，当你不再以自己为标准衡量一切的时候，整个世界才会对你敞开。

精致的生活，与钱无关

文♥苏毛毛

1

周末跟朋友逛街路过宜家，看见一些很漂亮的厨具，她兴奋地冲了进去，满面欢喜地看着那些餐具说："等什么时候有了自己的房子，一定要把这些漂亮的餐具统统买回去，做最精致的饭菜。"

我有些不解地问："为什么不是现在买呢？你可以现在开始好好学做饭呀！"

朋友无奈地说："我现在没钱买房，住在出租屋，哪有那种心情啊？"

我一直信奉，房子是租来的，可生活的每一天都是自己的。

买一套精致的餐具，好好学做饭是一件多么简单的事。想让生活过得美一点儿，其实没有那么多客观条件的限制。

如果我们主观上都不把自己的生活过得更好一些，那么，各种各样的客观原因就会接踵而至。这样下去，你的生活不会越来越美，而是越来越糟。

2

前同事L小姐是一个非常热爱生活的姑娘。

生活中的衣食住行，她从不将就，小日子过得井井有条。一开始她也是和别人合租，不过自己置办了一些诸如花架、床头柜之类的小家具，亲手做了格子桌布，每天都把房子打扫得干干净净。

中午我们一起吃饭，她都是从家里面带来自己做的饭，日式的饭盒，精致的餐具。

吃过几次她带的饭菜，摆盘考究，荤素搭配，味道鲜美，每次都吃得心满意足。

记得她结婚前，为亲朋好友们准备伴手礼的时候，并不是从网上直接购买，而是分为手工巧克力、手工皂，还有手工绢花、手工糖果等，装进了自己亲手做的精美包装袋中。

她说每份伴手礼都应该是精致的，当朋友们收到礼物的那一刹那露出的开心的神情，是她最大的满足。

后来L小姐回到老家买了房子，装修和置办家具，都是她和心爱的人一手操办的。她的生活中似乎没有“邋遢”“糟糕”这类词。

在快节奏的生活中，很多人选择拼命工作，让日子越来越粗糙，粗糙惯了，自然对精致也就逐渐无感。

一个不因为客观条件的好坏而改变，对自己生活质量有追求的姑娘，无论怎样都会让自己的生活过得很美好。

3

很多人以为，“精致”就是用奢侈品装点生活。

其实不然。精致从来与钱无关，它是一种生活态度，一心一意，只为取悦自己。

王小波曾说：“一个人只拥有此生此世是不够的，他还应该拥有诗意的世界。”

生而为人，我们不可能永远年轻，当你的脸颊皮肤开始松弛，容貌开始变老，怎样才能更加优雅？

正如主持人杨澜所说：“作为女性，活得精致才是你的尊严。”

当年央视节目《正大综艺》选拔主持人时，一位评委直接问杨澜：“你觉得自己漂亮吗？”

杨澜的回答不卑不亢而且个性十足：“我不算漂亮，但也不丑，我觉得自己挺有气质的。为什么女孩子一定要漂亮？做主持人更重要的是要有自己的见解，不是吗？”

杨澜用她的实际行动告诉很多女孩子，善待自己，善待人生，无论世事如何变迁，都能笑脸相迎，明媚如初。不辜负每一寸光阴，亦不浪费生活赐予的惊喜，从容而温柔，坚强又果敢，期待未来，敬畏余生。

我的朋友圈里，不乏很多利用业余时间学习烘焙、服装剪裁、插花等技艺的姑娘，她们无非是想把自己的生活变得更加美好精致，更加有意义。

买不起昂贵的餐具又怎样？铺一块喜欢的桌布，在透明的玻璃瓶中插上一束开得正盛的鲜花，在餐盘中摆好自己精心制作的佳肴，在自己能力范围内享受精致。

生活是公平的，它不会主动给谁美好或者给谁糟糕，不过，只要自己主动去挖掘，就完全可以让生活更美一点儿。